D0987412

À l'aube du destin de Florence

KARINE PERRON

À l'aube du destin de Florence

Roman

Collection

 LES ÉDITIONS
L'INTERLIGNE

Catalogage avant publication de Bibliothèque et Archives Canada

Perron, Karine, 1978-, auteure
    À l'aube du destin de Florence : roman / Karine Perron.

Collection «Cavales»
Illustration de Ninon Pelletier.
Publié en formats imprimé(s) et électronique(s).
ISBN 978-2-89699-527-1 (relié).--ISBN 978-2-89699-528-8
(PDF).--ISBN 978-2-89699-529-5 (EPUB)

    I. Pelletier, Ninon, illustratrice II. Titre. III. Collection: «Cavales»

PS8631.E7768A7 2016   jC843'.6   C2016-905317-2
                                              C2016-905318-0

http://interligne.ca/?p=3445

Code promotionnel : kp/m7ep3
(Pour obtenir votre version numérique epub gratuite !)

Les Éditions L'Interligne
435, rue Donald, bureau 117
Ottawa (Ontario) K1K 4X5
Tél. : 613 748-0850 / Téléc. : 613 748-0852
Adresse courriel : communication.interligne@gmail.com
www.interligne.ca

Distribution : Diffusion Prologue inc.

1

Le soleil se lève à peine et l'on sent déjà sa chaleur. La nouvelle journée s'annonce belle, parfaite pour un retour à l'école. Du moins, c'est ce que les gens normaux penseraient. Pour moi, c'est un vrai cauchemar qui débute! Mon réveille-matin n'a pas encore sonné et j'ai déjà les yeux fixés au plafond depuis quelques minutes. Étendue sur mon lit, je me dis que peut-être, si je suis vraiment discrète, la vie m'oubliera pour aujourd'hui et que je pourrais rester tranquillement dans mon lit douillet. Peut-être même que j'aurais de la chance et que je mourrais avant que ne sonne mon réveille-matin! BIP! BIP! BIP! Pas de chance! Ç'a bien l'air que je n'ai pas le choix comme d'habitude! La vie continue, même sans mon accord. Si au moins quelqu'un prenait le temps de me demander mon avis, eh bien non! Le soleil se lève que je le veuille ou non, je dois aller à l'école et je perds ma meilleure amie, avec ou sans mon accord!

Je ferme d'un coup la sonnerie de mon réveil, exaspérée par le son, ou devrais-je plutôt dire, par son vacarme intolérable!

La vie n'est vraiment pas facile pour une fille de quinze ans, vous pouvez me croire, je sais de quoi je parle! J'ai quinze ans depuis trois semaines et tout va mal. Pour commencer, Marianne ma meilleure amie a déménagé aux États-Unis le mois passé. Son père a eu une promotion qu'il ne pouvait refuser. En ce qui me concerne, l'amitié est bien plus importante que le travail! Mais comme d'habitude on ne m'a pas demandé mon avis. *J'espère au moins que son père sait qu'il a gâché ma vie!* pensé-je en ruminant mes pensées, encore étendue dans mon lit. J'ai dû passer la moitié de mon été seule dans ma piscine ou cachée dans mon sous-sol à regarder des films d'ado romantiques. Et c'est immanquable, chaque fois que dans le film, le beau gars se rend compte que la fille moche de l'école est en réalité une fille super belle, intelligente et qu'il la préfère à la fille populaire, je me mets à pleurer seule comme une idiote en me demandant pourquoi ma vie ne serait pas comme dans les films.

De plus, pour ajouter à mon malheur d'ado misérable, ma mère a eu la brillante idée de me préparer une fête d'anniversaire. Non mais! Les parents, parfois, on se demande vraiment s'ils se rappellent ce que c'est, être adolescent!!

Je lui avais dit à plusieurs reprises que je ne voulais pas de fête, mais comme d'habitude les parents n'en font qu'à leur tête et voilà le résultat! Parmi tous les jeunes du quartier que ma mère s'est permis d'inviter, faut-il préciser sans ma permission, aucun n'est venu. C'est là que la situation a empiré: ma mère a eu une autre idée, avec laquelle je n'étais manifestement pas d'accord; elle a téléphoné à ses amies du quartier pour qu'elles viennent à la rescousse avec leurs marmots. Je me suis donc retrouvée à fêter mes quinze ans avec un troupeau de jeunes de moins de dix ans, surexcités par l'excès de jus et de gâteaux ingurgités pendant une soirée complète. En plus de leurs mamans qui parlaient ouvertement de leur sexualité de femmes de la fin trentaine, de leur rôle de mère et de leurs hormones changeantes. Et tout ça en une soirée!

Dire que ma mère me reproche parfois de trop parler! C'est à n'y rien comprendre. Si au moins Marianne avait été là! Tout cela ne serait jamais arrivé. Ma mère n'aurait pas ressenti le besoin de me venir en aide et elle m'aurait laissé célébrer mon anniversaire par une soirée pyjama avec ma meilleure amie. On aurait regardé des films et parlé toute la nuit, surtout de Philippe et de Mathieu. Non pas que j'aime beaucoup parler d'eux, mais Marianne sortait avec Philippe depuis deux mois avant d'apprendre qu'elle déménagerait en Floride. Ça a été un vrai drame pour elle,

11

mais je n'en dirais pas autant pour Philippe. Car une semaine après son départ, je l'ai vu au centre d'achat déguster une crème glacée avec une autre fille, et d'après leur façon de se regarder, je doute fort qu'elle soit sa cousine. Surtout après avoir entendu ses rires stridents et exagérés jaillissant à chaque phrase de Philippe.

Je ne sais pas pourquoi les filles agissent de cette manière devant un garçon qui leur plaît! La plupart du temps, ce qu'il dit n'est même pas drôle! D'après ma théorie, elles sont ensorcelées dès qu'elles entendent la voix du garçon, ce qui provoque leurs rires incontrôlés. C'est débile, je sais, mais c'est ma théorie! Personnellement, je n'ai jamais été envoûtée de la sorte par un garçon.

Or Marianne n'arrêtait pas de me harceler pour que je sorte avec le meilleur ami de Philippe, Mathieu! Mais il ne m'intéressait pas et j'avais beau le lui expliquer, elle ne voulait rien entendre.

— Tu vas voir, ça va être amusant de sortir tous les quatre, me disait-elle chaque fois qu'elle essayait de me convaincre de l'accompagner dans ses sorties de couple.

Comme si la fréquentation d'un garçon qui ne nous intéresse pas pouvait être amusante! Je n'allais tout de même pas accepter de sortir avec lui juste pour faire plaisir à Marianne. Des plans pour me retrouver entre Marianne et Philippe qui se bécoteraient toute la soirée, et Mathieu, qui essaierait sûrement de m'embrasser!

Ensuite, pour aggraver mon état pitoyable de fille de quinze ans, depuis deux semaines un énorme bouton m'a poussé sur le menton. Comme si j'en avais besoin! Pourquoi Amélie la blonde à la peau parfaite n'aurait-elle pas un tel bouton une fois de temps en temps? Il me semble que ça serait équitable pour tout le monde! Non mais c'est vrai, pourquoi devrais-je accepter que mon corps change avec les conséquences de la puberté, comme mon père n'arrête pas de me le dire, quand d'autres n'ont aucune imperfection! Comme si le mot *puberté* avait été inventé pour expliquer les anomalies des filles comme moi. La vie n'est vraiment pas juste, je vous le dis!

«FLORENCE, ES-TU DEBOUT?»

C'est ma mère! Et en passant, Florence c'est moi. Je sais, c'est un peu bizarre, *Florence*, pour une fille de ma génération. Mais mes parents sont des amateurs d'arts anciens et de monuments historiques, et ils ont fait plusieurs voyages à Florence en Italie dans leur «vie d'avant», comme je les entends dire parfois. Ma mère, qui a étudié l'histoire de l'art, a même fait un stage de deux mois là-bas, avec mon père bien sûr. Ils m'ont raconté qu'ils ont ramené avec eux leur plus belle œuvre d'art, moi! Eh oui, ils m'ont dit que j'ai été conçue à Florence et qu'ils m'ont donné ce prénom pour cette raison.

Parfois je trouve qu'ils me donnent beaucoup trop d'informations. Non mais c'est vrai, je n'ai vraiment pas envie d'avoir ces images-là dans la tête! De toute façon, j'aime bien mon nom. Florence, c'est quand même le nom d'une ville hyper-romantique.

— Florence, tu vas être en retard pour ton premier jour!

— Oui, c'est bon: je suis debout, crié-je de toutes mes forces pour être sûre qu'elle m'entende.

Je déteste que ma mère me parle ou plutôt me crie de la cuisine. Il me semble que ça serait bien moins compliqué de venir me voir et de me parler doucement. Elle pourrait même en profiter pour m'apporter mon petit déjeuner dans ma chambre. Comme ça, j'économiserais du temps et elle n'aurait plus à crier pour s'assurer que je ne rate pas l'autobus.

Assise sur le rebord de mon lit, j'ai déjà hâte que la journée finisse! J'essaye de trouver la force de me lever, mais c'est difficile, j'aimerais tellement rester douillettement couchée; surtout qu'à peine debout, j'ai déjà des nœuds dans l'estomac!

Aller à l'école sans ma meilleure amie, ce n'est vraiment pas rigolo. J'espère au moins qu'Alex ne va pas commencer à m'embêter cette année. *Mon Dieu, faites qu'il ait déménagé cet été et qu'il ait changé d'école. Vous pourriez même le remplacer par un beau gars gentil qui verrait ma beauté intérieure.*

14

En descendant l'escalier, je peux déjà sentir l'odeur du bagel grillé au sésame, j'adore cette senteur le matin. Ma mère l'a déjà préparé recouvert d'une couche épaisse de fromage à la crème, exactement comme je l'aime.

— Merci maman, dis-je en mastiquant déjà ma première bouchée.

J'adore ma mère, elle sait toujours (ou presque) ce que je veux.

— Est-ce que tu aimerais une tresse française? me demande-t-elle.

C'est ça que je voulais dire par le mot *presque*, je déteste les tresses!

— Non, je suis bien comme ça!

Elle retourne à sa lecture avec son café à la main, pendant que mon père a le nez dans son journal du matin. Ma mère lit presque tout le temps des livres sur la psychologie et l'estime de soi, soi-disant pour son cheminement personnel. Mon père, lui, lit le journal ou raconte des blagues qu'il a entendues au bureau. Moi, je trouve qu'il a fière allure dans son veston-cravate, malgré sa bedaine qui rebondit de son pantalon.

Avant de quitter la maison, je me regarde dans le miroir de l'entrée pour essayer de replacer mes cheveux, mais c'est peine perdue. J'espère qu'un jour ils vont s'entendre sur la façon dont ils doivent friser!

En attendant l'autobus, je regarde la maison de Marianne, là où elle habitait depuis sa naissance. Nos parents se connaissaient bien avant que nous naissions, elle et moi. Cela me semble étrange de la voir vide avec l'enseigne À VENDRE sur le terrain. Je me demande bien qui seront nos nouveaux voisins. Les nœuds dans mon estomac se resserrent en voyant l'autobus tourner le coin de la rue. J'essaie de me dire que tout va bien aller, comme me disait ma mère quand au primaire j'avais peur d'aller à l'école.

— N'oublie pas que tu es ma préférée de toutes, me disait-elle, tu es belle et tu es capable de faire tout ce que tu veux.

Je monte dans l'autobus avec ce souvenir dans ma tête et l'apocalypse commence! Eh oui, j'avais oublié que je suis parmi les dernières élèves à monter, donc les bancs sont déjà presque tous pris! Avant, Marianne et moi, nous avions notre banc à nous, personne ne pouvait le prendre, mais ce matin, Alex est assis à MA place et me regarde en riant avec ses amis. Il n'a malheureusement pas déménagé cet été, lui!

Respire, Florence, respire! Je me calme et je cherche une place libre. Bingo! En voilà une, je me dépêche de m'asseoir le plus naturellement possible. Il ne faudrait pas que le monde se rende compte de ma détresse et je ne veux surtout pas avoir l'air risible dès le premier jour d'école. Enfin je suis assise, j'ai réussi la première épreuve de la journée et je trouve que je m'en sors très bien, j'ai le sentiment que tout va bien se passer.

Soudain, je m'aperçois qu'Alex est malheureusement assis de biais avec moi, mais ce n'est pas si grave, j'ai juste à ne pas le regarder après tout!

— Allo Florence, dit la personne à côté de moi.

Je me tourne et je vois Mélanie assise du côté de la fenêtre me regardant avec son sourire métallique. Il faut préciser que Mélanie a des broches dans la bouche depuis très longtemps. Il y en a même qui disent qu'elle ne pourra jamais les enlever, car toutes ses dents tomberaient une à une. Je sais que c'est ridicule dit comme ça, mais vous imaginez le portrait? De quoi faire peur.

— Allo Mélanie, dis-je sans trop d'enthousiasme.

— Florence s'est assise avec sa nouvelle meilleure amie, dit Alex en riant avec ses deux amis, Max et Nathan.

Je regarde droit devant moi, faites que la journée passe vite!!! S'il vous plaît, faites que la journée passe vite…

Mon horaire dans les mains, je vérifie une dixième fois le numéro de la classe, c'est la 4B. C'est là que j'avais mes cours de français l'année dernière. Et ça a tout l'air qu'elle sera encore ma classe de français pour ma 10e année. Je ne sais pas pourquoi, mais elle me semble étrangère, en fait toute l'école me semble étrangère; c'est comme si je n'arrivais pas à reconnaître mon école, qui pourtant fait partie de ma vie depuis

17

ma 7e année. Monsieur Lajoie est déjà dans la classe pour accueillir les élèves. Je marche entre les pupitres encore inoccupés et je choisis une place en avant.

— J'ai entendu dire que Marianne a déménagé en Floride, me demande M. Lajoie, pendant que je sors mon cahier neuf de mon sac à dos.

— Oui, elle est partie il y a quelques semaines, dis-je en plaçant mes crayons sur mon bureau et en espérant qu'il ne me pose plus de questions, car je n'ai pas du tout envie d'en parler.

Heureusement, il a arrêté la conversation en voyant les élèves qui commençaient à entrer dans la classe. Mon regard reste figé, car je n'ai pas envie de voir les visages des élèves contents de s'être retrouvés. Dans le bruit qui commence à être de plus en plus fort, je peux entendre la voix d'Amélie qui parle de son été, puis d'Alex, avec son rire sarcastique et désagréable. Je déteste Alex, il se trouve drôle parce qu'il prend tout le monde en dérision. Il est toujours accompagné de Max et Nathan qui ne semblent avoir aucun autre but dans la vie que d'être les amis d'Alex. Deux garçons sans trop d'ambition qui donnent l'impression d'être condamnés à suivre et à rire des blagues plates de leur ami qu'ils vénèrent un peu trop à mon avis.

Avant, Alex ne me dérangeait pas, car Marianne était la seule capable de répliquer à ses inepties et de le ridiculiser. Alors, il avait arrêté de nous embêter. Mais là, cette année c'est différent, je vais être toute seule!

L'heure du dîner était normalement mon moment préféré de la journée, je me souviens des rires que j'avais avec Marianne, mais tout est différent maintenant, je déambule dans les couloirs qui mènent à la cafétéria, les murs sont recouverts des peintures que les élèves en concentration arts ont faites. Je passe inaperçue devant ces peintures remplies de couleurs et de vie. Je n'aime pas ce sentiment de solitude et j'ai l'impression d'être invisible tant personne ne me regarde.

Assise avec mon livre à la main, je dîne sans trop regarder autour de moi. J'essaye de lire celui que j'ai apporté avec moi, mais comment faire abstraction du bruit? Il faudrait que je pense à apporter mon iPod la prochaine fois.

— Salut Florence! me dit Mathieu debout devant moi, est-ce que tu as eu un bel été?

— Pas aussi le fun que Philippe ça j'en suis sûre, rétorqué-je d'un ton sec.

Mathieu se tourne vers Philippe, assis quelques tables plus loin avec la fille au cerveau ensorcelé.

— Veux-tu venir t'asseoir avec nous? ose-t-il me demander.

— Non merci, je n'ai pas envie de m'asseoir avec un salaud de traître.

Il ne sait vraisemblablement pas quoi répondre. Il sait bien que Marianne étant ma meilleure amie, je ressens la trahison de Philippe à son égard comme la mienne propre.

Au fond de moi, je sais que j'exagère un peu, mais ce n'est pas le fait que Philippe sorte avec une autre fille qui me dégoûte au plus haut point, c'est juste qu'il n'a pas pris de ses nouvelles une seule fois. Comme si Marianne n'avait jamais existé! C'est moi qui devais la consoler lorsqu'elle m'appelait tous les soirs en pleurant les premières semaines après son départ en me demandant si j'avais vu Philippe. Elle s'était imaginé que leur amour était si fort, qu'ils ne s'en remettraient pas tous les deux et qu'ils allaient finir comme Roméo et Juliette au destin tragique et prévisible. Elle avait présumé que Philippe passerait son temps sous l'ancienne fenêtre de sa chambre à crier son nom et à pleurer toutes les larmes de son corps, détruit à jamais car on lui avait enlevé le seul amour de sa vie.

Bien sûr, je n'ai pas osé lui dire qu'au lieu de pleurer sous sa fenêtre, il se consolait dans les bras d'une autre fille sans avoir l'air embarrassé ou perturbé par son départ.

Philippe n'a même pas eu le courage de venir me voir, il m'a juste saluée quand Mathieu est retourné s'asseoir avec lui et l'autre fille. Je me suis contentée de lui faire un signe de tête avant de retourner à ma lecture seule à ma table.

En prenant le temps de regarder autour, je remarque Mélanie seule à quelques tables de moi. Elle aussi lit un livre et semble bien plus concentrée que moi, pour être capable de lire dans un endroit pareil, surtout avec Alex qui, juste en arrière d'elle, lui lance des boules de papier dans les cheveux.

Je pourrais aller m'asseoir avec elle, pensé-je pendant un instant. Mais à bien y penser, j'aime mieux rester ici, loin de lui.

En débarquant de l'autobus je remarque qu'il est écrit VENDU sur la pancarte de la maison de Marianne. Je me dépêche d'aller voir ma mère dans le jardin, pour lui demander si elle sait qui seront nos nouveaux voisins.

— Non, ma chérie, je ne les ai pas vus, mais l'agent m'a dit qu'ils vont déménager d'ici la fin de la semaine. Et toi, comment s'est passée ta première journée d'école? demande ma mère sans lever la tête de ses fleurs.

— Super! Je me suis amusée comme une folle!

Je me dépêche d'entrer dans la maison avant qu'elle ne me pose d'autres questions. Je n'ai vraiment pas envie de lui expliquer que ma vie est devenue un enfer depuis que j'ai perdu ma meilleure amie. Des plans pour qu'elle se mette dans la tête de me trouver une nouvelle meilleure amie! Elle serait bien capable d'afficher une annonce dans le journal local avec la mention

« Recherche une amie pour ma fille adorée, doit aimer l'école, être polie et ne doit surtout pas se droguer. »

J'ai un besoin urgent de parler à Marianne, ça fait plusieurs jours que je lui laisse des messages sans avoir de retour d'appel. En composant son numéro de téléphone, l'idée me vient que peut-être son père a compris qu'il a fait une erreur et qu'ils reviennent à la maison. Et étant donné que leur maison a été vendue, ils n'auront pas le choix de vivre avec nous le temps de trouver une autre maison. *Ça serait merveilleux*, me dis-je pendant que la sonnerie du téléphone continue à retentir dans le vide, *j'ai tellement de choses à dire à Marianne.*

— Allo, dit une voix essoufflée à l'autre bout du fil.

— Heu! Est-ce que Marianne est là? demandé-je, triste de constater qu'ils ne sont pas sur le chemin du retour.

— Serais-tu Florence? demande l'homme au bout de la ligne.

— Oui c'est moi, bonjour monsieur Bélanger.

Je me sens un peu gênée de lui parler, car la dernière fois que je l'ai vu, je lui ai crié qu'il allait gâcher la vie de sa fille s'il l'amenait loin de sa meilleure amie, supposant qu'elle ne pourrait jamais se faire d'autres amies.

— Marianne est à la plage avec ses nouvelles amies, dit-il d'un ton satisfait.

Je reste bouche bée.

«Je lui dirai qu'elle te rappelle. Fais attention à toi, Florence, bye», dit-il en raccrochant.

J'ai une boule dans la gorge et des larmes débordent de mes yeux. Marianne, MA meilleure amie depuis toujours, a de nouvelles amies! Son père doit être bien fier de m'avoir prouvé que j'avais tort et que je suis bel et bien remplaçable. Misère!

2

Vendredi soir, fin de la semaine enfin! J'ai bien mérité ce moment de repos après la semaine que je viens de passer à tout faire pour passer incognito autant à l'école qu'à la maison. Je ne peux pas dire que ma première semaine s'est extrêmement bien déroulée, disons que j'avais espéré beaucoup mieux! Ma mère n'arrêtait pas de me poser des questions comme: «As-tu envie de me parler de ta journée? Comment est-ce que tu t'es sentie aujourd'hui à l'école? Comment sont tes nouvelles amies?» J'avais l'impression d'entendre des phrases typiques d'un manuel à l'intention des parents qui essayent de communiquer avec leur adolescent. Je me demande s'il existe un livre pour aider les ados à expliquer aux parents qu'ils sont ridicules. Je suis certaine que ça se vendrait autant que *Harry Potter*; en tout cas, moi j'en achèterais un, c'est sûr!

Alors comme je disais, après cette semaine remplie d'émotions diverses, je peux affirmer que j'ai mérité ce moment de repos, tranquillement étendue sur mon lit, à savourer le nouveau bouquin que j'ai trouvé à la bibliothèque. Je me suis découvert une passion pour les livres depuis que je passe tous les midis seule à la cafétéria.

Soudain j'entends du bruit dehors. Curieuse, je me lève pour regarder par la fenêtre : j'aperçois mes nouveaux voisins qui emménagent dans le noir. C'est quand même bizarre, déménager aussi tard. Je m'installe confortablement devant ma fenêtre, d'où je peux les regarder en toute discrétion. O. K., je l'avoue : je les espionne, mais j'ai quand même le droit de vérifier qui habitera à côté de ma maison. On ne sait jamais, ça pourrait être des criminels sanguinaires, des tueurs en série sadiques, ou pire encore, une famille avec de jeunes enfants surexcités qui rechercheraient une gardienne pour les garder, pendant qu'ils se la coulent douce au restaurant !

Donc, j'examine mes nouveaux voisins, du moins j'essaie ; il fait tellement noir que je ne vois presque rien. Grâce à la lumière devant la maison, je réussis tout de même à voir un homme qui entre et sort de la maison en transportant des boîtes. Il a des cheveux blancs autour de la tête et un caillou chauve sur le dessus. Il y a aussi une femme, petite avec les cheveux bruns aux épaules ; elle dirige les déménageurs qui transportent les gros meubles. Je scrute pour voir s'ils ont des enfants et je vois une bicyclette, sans doute celle d'un garçon parce qu'elle est suivie d'un panier de basket-ball. Étant donné sa grandeur, il doit avoir dépassé l'âge de se faire garder. Fiou!

Je me demande quel âge il a, il va peut-être devenir mon meilleur ami. Ou encore mieux, peut-être que c'est l'homme de ma vie. Le gars avec qui je vais vivre une super belle histoire d'amour. À nouveau étendue sur mon lit, je m'imagine rencontrant ce voisin mystérieux. C'est dans ces moments que je me dis que je lis peut-être un peu trop de livres romantiques!

3

Visitant sa nouvelle maison, Antoine se demande encore pourquoi ils ont déménagé. Ses parents ne lui ont même pas demandé son avis. En plus cette maison est beaucoup plus petite que celle de la ville, là où ils habitaient depuis une dizaine d'années. Il est vraiment fâché d'avoir déménagé et il aurait aimé être consulté par ses parents. Il entre dans une pièce qui semble destinée à devenir sa nouvelle chambre, il le devine en voyant les boîtes en carton empilées avec son nom écrit dessus. Soudain une douleur aiguë jaillit dans son crâne. Il se prend la tête pendant quelques longues minutes pour essayer de calmer la souffrance, mais elle est si intense qu'il a l'impression de tomber dans les limbes.

La crise passée, Antoine s'étend par terre en fixant le plafond, épuisé. Ses migraines empirent de jour en jour. Il ne se rappelle même plus comment ça a commencé, ni même pourquoi. Il se dit que ça doit être lié à l'accident qu'il a eu il y a quelques mois. Il a bien essayé de se rappeler ce qui s'était passé, mais il n'y arrive pas. C'est comme un trou noir logé dans sa mémoire relativement à cette période précise de sa vie. Tout ce qu'il sait, c'est qu'il a perdu connaissance plusieurs jours ou semaines, il ne sait plus trop.

Ses parents ne lui parlent jamais de ce qui s'est passé; il a bien essayé d'en discuter avec eux, mais rien à faire, c'est comme parler à des zombies. Ils font comme s'ils ne l'entendaient pas, rien que pour ne pas avoir à lui répondre. Parfois Antoine se dit qu'il a peut-être peur de se rappeler la vérité.

En regardant par la fenêtre, il voit le paysage typique d'un quartier de banlieue, dans lequel des maisons identiques sont toutes agrémentées d'un gazon parfaitement vert. Antoine a toujours habité en ville, là où il y a des immeubles, des autobus, plein d'autos et tous ces gens qui se promènent à pied ou en bicyclette dans les rues ornées de graffitis.

Assis sur le rebord de la fenêtre, il contemple l'horizon; son regard s'accroche soudainement à la maison d'à côté. Une petite lumière éclaire la chambre en face de la sienne. Il ne voit personne, néanmoins il a la sensation que quelqu'un le regarde, puis la lumière de la chambre s'éteint. Antoine retourne se coucher sur le plancher en fixant le plafond, à ce moment précis il a le sentiment étrange que ce changement est pour le mieux. Peut-être pourra-t-il être heureux ici. *Ça vaut la peine d'essayer*, se dit-il avant de fermer les yeux, étendu au milieu de ses affaires encore emballées dans sa nouvelle chambre.

4

Ce matin en attendant l'autobus, je regarde la maison de mes nouveaux voisins du coin de l'œil. Je n'ai vu âme qui vive de la fin de semaine. Je me souviens d'avoir aperçu ce garçon le soir du déménagement dans l'ancienne chambre de Marianne. J'ai eu tellement peur qu'il me voie et qu'il pense que je l'espionne, que j'ai fermé tout de suite ma lumière. Mais là, je commence à me demander si je n'ai pas rêvé ce soir-là, car la maison semble vide. Tout à coup, quelqu'un apparaît dans la croisée et me regarde. Même si plusieurs mètres nous séparent, je peux sentir son regard sur moi et je me sens envahie d'un sentiment étrange. Je lui fais signe de la main, il semble hésiter avant de me faire signe à son tour. J'entends l'autobus qui tourne le coin de ma rue. Peut-être qu'il va sortir pour le prendre avec moi, mais l'autobus est là et il ne vient pas.

— Allez! Monte! Je n'ai pas juste toi à aller chercher, tu sais, me dit le chauffeur.

C'est avec un léger regret que je grimpe et me laisse conduire tout droit vers cet endroit diabolique que nous appelons l'école.

En y arrivant ce matin, je remarque que Mélanie me suit dans les corridors. Pourtant je ne lui ai pas fait la conversation durant tout le trajet en autobus. J'accélère le pas pour créer une distance raisonnable entre nous, mais elle accélère aussi. Passant devant son casier, elle s'y arrête et je profite de ce moment pour me sauver aux toilettes des filles. Ici je peux laisser passer le temps tranquillement sans Mélanie à mes côtés. Je sais que c'est pathétique, mais je ne veux pas qu'elle croie que nous sommes devenues amies parce que nous partageons un banc de l'autobus. Je ne veux pas lui donner de faux espoirs. De plus, si je suis vue avec Mélanie, c'est sûr que personne ne voudra se tenir avec moi.

La cloche qui annonce le début des classes sonne enfin, ce qui me libère du même coup de ma miteuse cachette.

Assise dans ma classe de français, j'écoute le professeur en essayant de faire abstraction des élèves qui semblent tous si heureux. Je déteste les gens heureux! Tout se passe passablement bien jusqu'à ce que j'entende le professeur prononcer la phrase redoutée par la plupart des élèves comme moi:

— Je veux que vous vous mettiez en équipes de deux pour le prochain projet d'écriture qui sera présenté devant la classe.

Ce n'est pas vrai! En plus de créer un projet à présenter devant la classe, il faut que je trouve un partenaire! En regardant autour de moi, je vois que tout le monde a déjà trouvé son coéquipier. Je suis en train de vivre un moment très embarrassant: si je pouvais disparaître, je le ferais sur-le-champ.

— Est-ce que tout le monde a trouvé son partenaire? Levez votre main, ceux qui n'en ont pas, demande le professeur sans même se préoccuper de l'émotion que peut engendrer ce genre de situation.

Discrètement je lève la main. Mélanie qui sait bien ce que je ressens, lève la main à son tour. J'ai donc dû me mettre en équipe avec elle. Je ne suis pas très enthousiaste à cette idée, mais je n'ai pas le choix. Tandis qu'elle semble très heureuse et me regarde avec un grand sourire exprimant le souhait d'une amitié réciproque. Mais qu'est-ce que j'ai bien pu faire à la vie! De plus, j'entends Alex qui rit dans mon dos avec sa clique d'amis aussi débiles que lui! Je sens mon visage rougir de colère, mais je sais bien que répondre à ces garçons sans cervelle reviendrait à m'abaisser à leur niveau, ce qui, faut-il l'avouer, est vraiment au bas de l'échelle.

De retour à la maison, je suis bien heureuse que cette journée soit enfin terminée. Dire que nous sommes seulement lundi! Mélanie et moi avons décidé de nous rencontrer chez moi après le souper pour commencer notre travail de français.

Assise sur le rebord de ma fenêtre, je regarde la maison de mes voisins qui semble encore inhabitée. Je repense à ce matin quand j'ai vu ce garçon qui me regardait derrière la vitre de sa chambre. C'est quand même étrange qu'il ne soit pas venu à l'école, pensé-je en regardant la fenêtre, maintenant parée d'un épais rideau empêchant la lumière d'entrer. J'observe attentivement, essayant de détecter un mouvement. Heureusement que ma mère ne me voit pas, car elle dirait sûrement que c'est impoli d'espionner les voisins, même si je l'ai surprise quelques fois à scruter des maisons illuminées pendant ses marches en soirée. Soudain, le rideau bouge et le jeune homme se profile dans le cadre de la croisée. Je recule, en espérant qu'il ne m'ait pas remarquée. Une voiture entre dans la cour, une femme en sort aussitôt et pénètre dans la maison sans prendre le temps d'aider son mari à porter les sacs d'épicerie.

— Florence, pourrais-tu aller au magasin pour acheter du lait ?

Debout, dans le chambranle de ma porte, ma mère me regarde avec des yeux remplis de détresse. Elle a toujours ce regard quand elle veut me demander un service.

— Ben oui, pas de problème…

— Merci, ma plus gentille de toutes mes filles adorées.

— Maman, tu n'as que moi comme enfant!

— Pourquoi en faire d'autres quand on a la meilleure? ajoute ma mère avec un sourire moqueur.

Je m'apprête à sortir quand sa voix retentit derrière moi.

— Chérie, est-ce que tu voudrais apporter une tarte à nos nouveaux voisins en même temps? Je l'ai préparée cet après-midi, dit-elle, en tenant dans ses mains une tarte aux pommes.

— Maman!! Ce n'est pas à moi de faire ça!

— S'il te plaît ma petite puce adorée, c'est une bonne occasion pour toi de voir s'ils ont un enfant de ton âge.

Ma mère, des fois! Quand je disais qu'elle ne sait vraiment pas c'est quoi être adolescente! Comme si je pouvais aller cogner à la porte et demander s'il veut être mon ami comme quand j'avais cinq ans!

Debout devant la porte des voisins, je me demande encore comment les mères font pour nous faire faire tout ce qu'elles veulent! Je réussis à sonner à la porte entre deux hésitations. J'attends, j'attends, j'attends encore, mais personne ne vient. Je sonne encore, je patiente, mais qu'est-ce qu'ils font? Je les ai vus entrer dans la maison, je m'apprête à partir quand la porte s'ouvre. C'est le jeune homme que j'ai aperçu dans la chambre de Marianne. Il sourit en me voyant avec la tarte dans les mains. Bon, s'il se met à se moquer de moi, je promets que je vais en vouloir à ma mère pour le restant de mes jours !

— Salut, moi c'est Antoine, dit-il.

— Sa-sa-sa-lut, bégayé-je, je vous ai apporté une tarte… enfin ce n'est pas moi, c'est ma mère… c'est moi qui l'apporte mais c'est ma mère qui l'a faite… En réalité… elle m'a obligée à vous l'apporter… Je veux dire… est-ce que tu aimes les tartes aux pommes ?

Je ne peux pas croire que je viens de dire ça !

— Oui, j'adore les tartes aux pommes ; c'est vraiment gentil de ta part, enfin de la part de ta mère de l'avoir préparée, ajoute-t-il en souriant.

Il est tellement beau, avec ses cheveux châtains et ses yeux mystérieux. Il est un peu plus grand que moi, avec un visage doux et gentil. Je ne sais pas combien de temps je suis restée devant lui à le dévisager ; il m'invite à entrer, ce que je fais timidement. Je suis tellement gênée, j'espère qu'il ne me posera pas trop de questions car je ne sais pas si j'arriverais à dire des phrases cohérentes.

— Mais qu'est-ce que tu fais là ? hurle une voix derrière lui.

Une femme hystérique se place entre Antoine et moi sans faire de cas de lui. Elle semble furieuse de me voir, son visage est rouge de colère.

— Je suis désolée de vous déranger, madame, commencé-je à bafouiller, c-c-c'est que ma mère m'a demandé de vous apporter une tarte qu'elle a préparée pour vous souhaiter la bienvenue, nous sommes vos voisins d'à côté.

— Ta mère ne t'a pas appris à sonner avant d'entrer chez les gens ? débite-t-elle toujours aussi furieuse.

— Mais j'ai sonné et votre…

— Marie, ça suffit, tu vois bien que tu la mets mal à l'aise, l'interrompt un homme aux cheveux grisonnants qui arrive après avoir entendu les rugissements de colère de sa femme.

Il se place devant moi comme toute personne normale ferait pour se présenter.

— Bonjour, je m'appelle Alain. Je crois que la sonnette est brisée, c'est pour ça qu'on ne t'a pas entendue.

Il prend la tarte de mes mains.

— Tu diras merci à ta mère pour son attention, c'est vraiment gentil de sa part.

Puis il me ferme la porte au nez. Heureusement que les hurlements de sa femme m'avaient fait reculer, car j'aurais sûrement reçu la porte en plein visage.

« O. K. ! » murmuré-je, devant la porte fermée, encore abasourdie par ce qui vient de se passer.

5

Antoine est tellement fâché, il ne comprend pas pourquoi sa mère a réagi ainsi devant cette fille. En entrant dans le salon, il voit sa mère assise sur le divan qui pleure encore, son père lui prépare un thé dans la cuisine pour la calmer. Antoine s'approche de sa mère :

— Je ne comprends pas pourquoi tu as agi de cette façon ! C'est moi qui lui ai ouvert la porte, elle a rien fait de mal, explique-t-il en essayant de se contrôler.

Sa mère reste de glace devant ses paroles et continue à pleurer en tenant son visage entre ses mains.

— Maman ! Je te parle, crie-t-il hors de lui.

Tranquillement, sa mère lève la tête et dit simplement entre deux gémissements :

— Je suis tellement désolée, pardonne-moi, s'il te plaît.

— Personne ne t'en veut, ma chérie, assure son père en entrant dans le salon la tasse de thé à la main.

Il s'assoit à côté de sa femme adorée et lui donne la tasse de thé avec précaution.

— Je ne sais pas ce qui m'a pris, dit-elle en sanglotant, quand je l'ai vue dans la maison, elle m'a fait penser à… j'ai cru qu'elle savait… je croyais qu'elle nous espionnait.

Elle se remet à pleurer :

— Si ça continue, je crois que je vais devenir folle !

— Ne t'inquiète pas, dit son mari réconfortant, je vais aller leur parler, je vais leur expliquer.

— Non, je ne veux pas que tu leur dises quoi que ce soit, je ne suis pas prête, je ne veux pas qu'ils sachent.

Elle a l'air paniqué à présent.

— O. K., O. K., calme-toi (*il la prend dans ses bras pour la consoler*). Mais nous pouvons au moins nous excuser auprès de cette pauvre jeune fille.

Elle accepte d'un signe de tête, prend une gorgée de thé doucement, puis regarde son mari.

— Je pourrais leur faire des biscuits pour les remercier, ajoute-t-elle en essayant de sourire.

— Bonne idée, acquiesce l'homme toujours assis à ses côtés. C'est sûr qu'ils ne pourront pas résister à tes merveilleux biscuits, affirme-t-il en essayant de faire rire sa femme.

Puis il la reprend dans ses bras.

— Ne t'inquiète pas, tout va s'arranger, dit-il en la tenant toujours serrée contre lui.

Antoine regarde la scène, impuissant; il sent une boule de colère monter en lui.

— Et c'est tout! crie-t-il, stupéfait. Des biscuits, tu vas lui apporter des biscuits!

Il ne comprend pas pourquoi son père n'est pas fâché contre sa mère.

— Tu m'as fait tellement honte, je ne te pardonnerai jamais, tu m'entends, JAMAIS, hurle-t-il avant de monter dans sa chambre, enragé.

Je veux retourner chez moi, se dit-il, en se laissant tomber sur son lit, *je veux retourner chez moi*.

Soudain une douleur insoutenable traverse son crâne, il tient sa tête entre ses mains, pour essayer de la contenir. En essayant de se lever, il tombe par terre, terrassé par la souffrance. Il sent que sa tête va exploser, il souffre tellement qu'il a du mal à respirer. Étendu sur le sol, des larmes coulent, silencieuses. Après quelques minutes interminables, la douleur s'estompe enfin. Antoine s'allonge sur son lit, épuisé. Il est dans ses pensées et essaye de comprendre la conduite de ses parents. Pourquoi sa mère a réagi de cette façon à la vue de la voisine, et qu'est-ce qu'elle ne veut pas que les voisins sachent, qu'est-ce qu'elle cache?

Antoine est perplexe. Le souvenir de ses parents avant l'accident lui revient en mémoire. Sa mère calme et joyeuse lui manque terriblement.

Au fond de lui, il regrette beaucoup ce qu'il lui a dit. Il l'aime tellement qu'il ne peut pas lui en vouloir longtemps. Elle ne va pas bien et elle a visiblement besoin d'aide. Antoine se lève pour ouvrir la fenêtre, le vent d'automne fait danser ses rideaux. Il s'assoit sur le rebord de sa fenêtre en admirant le voisinage. C'est si calme ici, il entend un chien japper au loin et contemple un écureuil qui se promène agilement d'arbre en arbre. Il ferme les yeux et prend le temps de profiter de ce moment, paisible et sans douleur. Le visage de sa nouvelle voisine lui revient, provoquant une sorte de bien-être en lui. À ce moment, il se dit qu'il pourrait peut-être aimer cet endroit, après tout!

6

Je repensais à cette scène durant le trajet aller-retour de l'épicerie ; je ne comprends vraiment pas ce qu'il lui a pris, à cette femme, de crier de cette façon. *Non mais, il faut vraiment avoir disjoncté. Et puis c'est quoi son problème ? Je lui apportais juste une tarte, moi, c'est tout !*

En entrant chez moi, j'ai donné le sac de lait à ma mère et je me suis enfermée dans ma chambre, sans lui parler de cet épisode que je veux oublier au plus vite. Plus jamais je n'irai dans cette maison, plus jamais. J'enfouis mon visage dans mon oreiller pour étouffer le bruit de mes pleurs. J'ai tellement de beaux souvenirs qui me reviennent. Marianne et moi passions nos soirées à danser et chanter toutes les chansons de *Star Académie* dans son sous-sol. On se racontait des histoires, nous imaginant à quoi allaient ressembler nos vies plus tard. Elle, elle voulait être vétérinaire ; c'est d'ailleurs pour ça qu'elle amenait toutes sortes d'animaux chez elle.

Je me souviens d'une fois où elle m'a demandé de cacher une souris dans ma chambre, parce que sa mère l'avait trouvée et qu'elle ne voulait pas la garder dans la maison. Quand j'ai entendu ma mère crier dans le salon, j'ai compris que la souris s'était échappée! Jamais je n'ai avoué à mes parents que c'était moi qui l'avais fait entrer. Ma mère avait tellement eu peur qu'elle avait fait venir un exterminateur pour qu'il s'assure qu'il n'y ait plus de souris. Je m'ennuie tellement de Marianne! Penser à elle me mène à cette prise de conscience : elle est heureuse maintenant dans sa nouvelle vie, même si nous nous étions promis de ne jamais nous laisser tomber, pendant que ma vie à moi est d'un ennui pathétique.

Après le souper, Mélanie arrive comme prévu, ma mère l'a fait entrer dans la maison avec un sourire qui voulait dire : *enfin ma fille a une amie, elle est sauvée!* Elle a commencé par la visite de la maison, comme chaque fois qu'elle veut mettre quelqu'un à l'aise chez nous. Je me suis dépêchée de la soustraire à l'emprise de ma mère un peu trop aimable à mon goût, et nous nous sommes installées dans ma chambre, pour ne pas être dérangées par mes parents. Mon père est vraiment gentil, mais il a la fâcheuse habitude de lancer des blagues plates quand j'ai des amies à la maison, ce qui me met mal à l'aise.

Nous nous sommes donc assises par terre, accotées à mon lit, à l'abri de mes parents pour commencer notre travail de français. Nous devons faire une présentation sur une personne qui a changé notre vie.

— Alors, tu dois t'ennuyer beaucoup de Marianne? me demande Mélanie pendant que j'entreprends mes recherches dans mon ordinateur portable.

— Hum! Hum! fais-je simplement en bougeant la tête légèrement de haut en bas.

Je n'ai vraiment pas envie de parler de Marianne, surtout pas avec Mélanie. C'est certes honteux de penser de cette manière, mais je ne peux m'empêcher de songer que je suis dans ma chambre avec, il faut bien l'avouer, la seule personne qui accepte ma compagnie. Même Marianne ne me parle plus! Je sens mes yeux qui commencent à rougir et mon estomac qui se noue simplement à y penser.

— Je sais que ce n'est pas facile de se retrouver toute seule, ajoute Mélanie d'un ton empathique.

— Ça n'a rien à voir, ai-je presque crié.

Ces mots sont sortis tel un boulet de canon qu'on propulse pour attaquer l'ennemie. Moi-même je reste surprise de ma réaction démesurée. Je me reprends d'un ton plus calme.

«Ma situation n'a rien à voir avec la tienne.»

Mélanie me regarde en attendant visiblement des explications.

— Ce que je veux dire, c'est que Marianne est encore mon amie même si elle est loin, et je

45

ne suis pas toute seule, j'ai d'autres amies, MOI!
que je réplique d'un ton sec et excessif.

— Je ne voulais pas t'offenser, c'est juste que
j'ai remarqué qu'à l'école tu étais souvent seule,
mais je ne doute pas que tu aies des amies.

Elle retourne à ses recherches, sûrement pour
contenir les larmes qui remontent à sa gorge
après la façon dont je viens de lui parler, comme
si elle était indigne d'avoir un semblant de
relation avec moi.

Je regrette amèrement ce que je viens de lui
dire. Ce qui arrive dans ma vie n'est pas de sa
faute, après tout. Elle aussi n'a pas choisi de
travailler avec moi; or elle est la seule personne
qui semble comprendre ce que je vis, et pourtant
je viens de la rejeter comme si je repoussais une
mouche qui embêtait ma pitoyable existence.

— As-tu rencontré tes nouveaux voisins? me
questionne Mélanie pour changer de sujet.

— Oui, et disons qu'ils sont vraiment spéciaux!
Néanmoins je dois avouer qu'ils ont un garçon pas
mal beau.

— Ha! Oui? interroge Mélanie qui semble
bien curieuse d'en savoir plus.

Je lui raconte ma première rencontre avec
Antoine. À mon grand étonnement, parler de
lui est facile comme tout. Et quand j'ai imité sa
mère hystérique, nous avons tellement ri que j'en
ai eu mal au ventre. Ça me fait du bien de parler
et de rire comme je le faisais si souvent avec

Marianne. En parlant ainsi avec Mélanie, je vois bien qu'elle n'est pas comme je l'avais imaginée ; j'ai découvert une fille gentille, intelligente et drôle en plus. Petit à petit, toutes les raisons que j'avais préalablement trouvées pour m'expliquer pourquoi je ne pouvais pas me lier d'amitié avec Mélanie commencent à perdre leur sens.

Et l'espace d'un instant, j'ai tout oublié, j'ai oublié Marianne, ma peine, ma peur d'être seule, d'être rejetée, et je me suis laissé être la Florence que j'ai toujours été.

Nous avons passé la soirée à rire et à parler de tout, sauf de notre travail de français !

— Toc, toc, toc ! dit ma mère en ouvrant la porte de ma chambre doucement. Ta mère est arrivée, Mélanie, elle t'attend en bas.

— Déjà ! dit Mélanie qui semblait ne pas avoir vu le temps passer, tout comme moi.

Je descends en bas avec elle, déçue que ma nouvelle amie doive déjà partir.

— Est-ce qu'on se voit demain ? me demande Mélanie, avant d'entrer dans la voiture de sa mère.

J'ai eu un moment de pause avant de répondre dans ma tête : *Attends un peu : si je dis oui, ça veut dire que nous allons être des amies, même à l'école !* Je ne sais pas pourquoi, mais un sentiment de panique m'a submergée, comme si ma réponse allait déterminer mon avenir ; j'aime bien Mélanie, mais est-ce que je veux vraiment être son amie ?

— Mais t'es pas obligée, ajoute Mélanie, tu sais on peut se voir juste chez toi pour faire notre travail, je comprendrais.

— Ben voyons! Pourquoi je ne voudrais pas te voir à l'école? en prenant un air offensé, avant d'ajouter: On se voit demain!

Clac! Elle ferme la portière de la voiture. En regardant l'auto s'éloigner, je me demande si j'ai conscience de ce que je viens de dire. J'aime bien Mélanie, même plus que je ne l'aurais pensé, mais me tenir avec elle implique d'endurer les moqueries des autres, surtout celles d'Alex.

Pendant quelques secondes, j'ai eu le sentiment que quelqu'un était derrière moi; en me retournant, je vois Antoine.

— Salut! dit-il d'un air timide, je voulais juste m'excuser pour mes parents, surtout ma mère.

— C'est correct, ça ne m'a pas vraiment dérangée (*mensonge pieux sans trop de conviction*).

— Et tu diras merci à ta mère pour la tarte, c'est très gentil de sa part, rajoute-t-il avec un sourire.

— Je lui ferai le message!

L'espace d'un instant, nos yeux se sont croisés; aussitôt j'ai l'impression d'être dans un brouillard, autour de moi tout disparaît, il n'y a plus que lui et moi dans un silence qui veut s'éterniser, c'est vraiment étrange!

— En passant, tu es partie sans me dire comment tu t'appelles, risque-t-il enfin en brisant le silence.

— Disons que l'ambiance n'était pas propice aux présentations!

À cet instant précis, nous entendons la voix de ma mère qui beugle de toutes ses forces: «FLORENCE!»

— Ça c'est mon nom, dis-je un peu gênée.

— Enchanté, Florence; alors à la prochaine, conclut-il en retournant vers sa maison.

— FLORENCE! Où es-tu?

— Je suis dehors, maman! crié-je avant d'entrer chez moi.

Cette nuit-là, je ne pensais plus du tout à la scène de la tarte aux pommes, mes pensées ont été dirigées vers ma nouvelle amie, et surtout vers... Antoine. Il y a quelque chose de troublant dans son regard. Quelque chose que je n'arrive pas à cerner et qui m'intrigue beaucoup. Finalement ma vie n'est peut-être pas si pire que ça, après tout!

7

Lorsque je sors de mon sommeil, mon réveil affiche six heures juste. D'habitude il sonne à sept heures, et pourtant je ne me sens plus fatiguée : je décide donc de me lever. Mes yeux sont à peine ouverts que j'ai déjà les deux pieds hors du lit et je me dirige vers la salle de bain pour prendre ma douche. Une chanson envahit ma tête pendant que l'eau chaude coule sur mon dos, mon corps ne peut s'empêcher de bouger. De retour dans ma chambre, je mets de la musique pendant que je me prépare pour aller à l'école.

Je me sens tellement bien ce matin. En regardant mon reflet dans le miroir, je me rends compte que quelque chose en moi a changé. Je n'arrive pas à l'expliquer, mais je n'ai plus ce goût amer, ce sentiment qui me faisait tant haïr la vie. Je me surprends même à penser que la vie est agréable et qu'elle mérite que je lui donne une deuxième chance. Ça fait tellement longtemps que je ne me suis pas sentie comme ça. Depuis que Marianne est partie, ma vie est devenue si triste, comme si le monde s'écroulait devant moi. Mais là, ce matin, tout est différent, ma vie prend une nouvelle direction et j'ai le sentiment qu'Antoine a beaucoup à voir avec ce changement.

Même à l'école tout a changé : pour commencer, Amélie m'a parlé en classe ; je ne sais pas si vous comprenez l'ampleur de cette situation ! Amélie est la fille la plus populaire de l'école. Son père est si riche qu'il pourrait acheter la ville, d'après la rumeur qui court. Je suis certaine qu'elle a son propre styliste, qui l'aide à s'habiller tous les matins.

— Alors Florence, as-tu eu des nouvelles de Marianne ? m'a demandé Amélie quand je suis passée devant elle pour m'asseoir à ma place au cours de français.

— Non, lui ai-je répondu, mais mes parents m'ont dit qu'elle va dans une école en Floride.

— Ce qu'elle est chanceuse ! J'aimerais tellement vivre là-bas, me confie-t-elle avec une touche de jalousie dans sa voix, puis elle me glisse : il paraît que tu as de nouveaux voisins ?

Cette phrase me fait l'effet d'un bloc de glace qui s'abat sur moi et je me sens soudain très nerveuse. Il est hors de question que je lui présente Antoine. Car si par malheur elle s'intéressait à lui, jamais je ne pourrais rivaliser avec elle. Antoine va faire comme tous les autres gars que je connais, il va être à ses pieds et elle fera tout ce qu'elle voudra de lui. Et il se souviendra de moi comme de la fille un peu bizarre qui lui aurait présenté Amélie! NON, il n'en est pas question!

Je m'empresse donc de lui répondre:

— Oui, j'ai de nouveaux voisins. C'est un couple pas très sociable et je ne crois pas qu'il ait des enfants!

Je me sens beaucoup mieux. Antoine ne venant pas à l'école, personne n'est obligé de le connaître et il sera mon petit secret à moi. C'est sûr que j'en ai parlé à Mélanie, mais je suis certaine qu'elle ne le dira à personne. À l'arrivée du professeur, je m'installe à ma place qui est à côté de Mélanie, que je suis bien contente de revoir. Nous nous sommes donné rendez-vous à la cafétéria pour le dîner; en arrivant, je la vois assise toute seule à une table comme d'habitude. Je me dirige vers elle, soulagée de savoir qu'elle ne sera plus seule dorénavant.

— Florence, viens donc t'asseoir avec nous, dit quelqu'un derrière moi.

C'est Amélie qui me montre une place vide devant elle. Ma boîte à lunch dans les mains, je reste figée pendant quelques secondes. Je ne m'attendais tellement pas à ce qu'Amélie m'invite à sa table! Amélie et ses amies, Lisa, Emma et Josiane, attendent avec un brin d'impatience que je me décide, comme si c'était impossible de ne pas lui céder à la seconde où elle le demande. Normalement je déteste ce genre de filles, car elles sont snobs, superficielles et végétariennes en plus! Mais là, puisqu'elles me demandent de me joindre à elles, ce n'est pas pareil. Je prends alors une décision, en sachant que cette action va sûrement changer le cours de ma vie. Je m'assois donc avec Amélie et sa clique en essayant d'être aussi distinguée que possible.

Nous avons passé le dîner à parler de plein de choses : de souliers, de garçons et de potins sur des artistes que je suis, semble-t-il, la seule à ne pas connaître! À vrai dire, je n'ai rien d'autre à faire qu'écouter et sourire bêtement. Mais pendant tout le dîner, j'ai le sentiment qu'enfin je me trouve sur le bon chemin. J'ai de nouvelles amies super populaires, même Alex m'a saluée quand il a passé devant notre table. C'est sûr qu'Alex est amoureux d'Amélie, tout le monde sait ça. Alors ça veut dire que plus jamais je n'aurai peur de lui et de ses inepties.

Je me voyais déjà me promener dans les couloirs de l'école, tous se retournant sur mon passage en murmurant : «Regarde, c'est Florence la meilleure amie d'Amélie, la fille la plus populaire de l'école.» Je porterais des vêtements à la mode choisis par mon propre designer. Car tout le monde sait que les filles populaires ont toutes leur propre designer.

Pendant que je rêvais à mon avenir assuré, je vis Mélanie qui me regardait avec une expression du genre : *mais qu'est-ce que tu fais là ?* Je pouvais très bien voir son air interrogateur à propos de mon comportement. J'essayais d'éviter son regard, puis je la vis se lever et se diriger vers la sortie. Alex la bouscula au passage, mais elle ne s'arrêta même pas et sortit de la cafétéria. *J'ai quand même le droit de m'asseoir avec qui je veux,* pensai-je, *non mais c'est vrai, c'est pas parce que je dois faire un travail avec elle que je suis obligée d'être sa meilleure amie !*

Cette idée me donne un goût amer : comment pourrais-je penser ça ? Mélanie est mon amie, après tout. Je me promets de lui parler, mais plus tard, car j'ai de nouvelles amies à mieux connaître pour l'instant. Les filles se sont mises à rire en chœur d'une blague qu'Amélie a racontée et je me dilate la rate avec elles, comme si j'avais tout entendu.

Assises dans l'autobus du retour, Mélanie et moi n'avons pas échangé un seul mot. Elle regardait son livre sans bouger et surtout sans me regarder. Nous roulions déjà depuis un moment avant que j'aie le courage de lui parler.

— Écoute, Mélanie, tu sais pour tout à l'heure dans la cafétéria…

— Laisse tomber, me coupe Mélanie, t'as aucun compte à me rendre.

— Attends, laisse-moi finir, je veux juste te dire que ce n'est pas parce que je suis amie avec d'autres que je ne peux pas être amie avec toi.

Elle ne me regarde pas.

— Tu sais, si tu veux demain tu pourrais venir manger avec nous.

Elle lève enfin la tête en me regardant comme si je venais de commettre un sacrilège inimaginable.

— Ben quoi! C'est une bonne idée, je vais leur parler et je suis sûr qu'elles vont toutes t'accepter dans leur clique.

— Je ne sais pas comment tu t'es cogné la tête, mais ça a dû faire mal.

— Je ne me suis pas cogné la tête! Pourquoi tu dis ça?

— Ben voyons, voir si Amélie va accepter que je m'asseye à la même table qu'elle, elle est bien trop snob pour ça!

— Ben là! je trouve que tu juges le monde un peu vite!

— Moi je juge le monde? Celle-là est bonne!

Mélanie semble vraiment fâchée…

— Mélanie, je ne veux pas me chicaner avec toi, mais je te demande juste d'essayer au moins: donne-leur une chance et on verra comment ça va aller.

Et j'ai ajouté:

— Si elles ne t'acceptent pas, alors je n'y ai pas ma place moi non plus, car tu es mon amie, pas vrai?

Mélanie sourit enfin, elle semble satisfaite.

— Peux-tu venir chez moi en fin de semaine ?
On pourrait travailler sur notre projet de français.

— O. K., répond Mélanie qui a retrouvé sa
bonne humeur. Et peut-être que tu pourras me
présenter ton bel Antoine !

— Justement, je l'ai vu hier après ton départ…

Je lui raconte en détail ma deuxième rencontre
avec Antoine. Mélanie m'écoute attentivement
pendant que je me confie à elle comme si nous
étions amies depuis toujours.

8

— Bon! tu as le numéro de téléphone du restaurant sur le frigo.

— Maman, ce n'est pas la première fois que je suis seule à la maison; de plus j'ai quinze ans, je suis capable.

— Je sais, ma puce, mais au cas où tu aurais des questions ou quoi que ce soit, tu appelles et je reviens tout de suite, de toute façon ce n'est pas très loin.

Mon père s'approche de moi:

— Bonne soirée, ma chouette; ne t'inquiète pas, je vais essayer de la calmer, dit-il en parlant de ma mère qui est toujours beaucoup trop nerveuse quand je me retrouve seule à la maison.

Enfin seule, je m'installe au salon avec une assiette de biscuits pour regarder un film. Ce sont les biscuits que la voisine a apportés à ma mère aujourd'hui en guise de remerciement pour la tarte aux pommes et sûrement pour s'excuser aussi. Je n'ai pas tout à fait digéré l'épisode de la tarte, mais étant donné que j'adore les biscuits, je vais les déguster avec joie. J'engloutis ma première bouchée avec appétit quand j'entends la sonnette de la porte.

Ma mère me dit tout le temps de ne pas ouvrir quand je suis seule, alors je regarde par la fenêtre pour voir qui c'est. Et quelle surprise! Antoine est devant ma porte!

— Salut, Florence, dit simplement Antoine en souriant.

— Salut!

— Ça va bien? me demande-t-il.

Je fais signe que oui, en essayant de sourire sans avoir l'air trop gêné.

— Est-ce que tu veux entrer? J'allais écouter un film.

Je le demande en sachant très bien que mes parents ne veulent pas que j'invite du monde à la maison quand ils ne sont pas là.

— O. K.! dit-il en entrant.

Nous sommes à présent assis tous les deux au salon, accompagnés d'un malaise qui s'est imposé entre nous. J'ai tellement de questions à lui poser: d'où vient-il, pourquoi n'est-il pas venu à notre école et la question la plus importante, est-ce qu'il a une petite amie?

Je prends un biscuit pendant qu'il examine ma maison du regard.

— Tes parents ne mettent pas beaucoup de photos sur les murs? remarque-t-il.

— Non, t'as raison, ils ne sont pas forts sur les photos. Est-ce que tes parents sont des adeptes des photos ?

— Tu verras bien quand tu viendras chez moi, affirme-t-il avec un sourire ensorceleur.

Ça veut dire qu'il a l'intention de m'inviter chez lui ! À cette idée, je me mets à sourire avec un peu trop d'enthousiasme, j'ai l'impression de ne plus avoir de contrôle sur moi-même quand je suis à ses côtés et j'avoue que c'est très effrayant. Je suis certaine que mes joues sont devenues aussi rouges que des tomates. Le souvenir de sa mère remonte à mon esprit. J'ose lui demander :

— Sais-tu pourquoi ta mère a réagi de cette façon quand elle m'a vue ?

— Je ne sais pas, ma mère a beaucoup changé depuis quelques mois. J'ai entendu mon père dire qu'elle fait une dépression. Je ne comprends pas trop ce que cela veut dire, mais je l'entends souvent pleurer.

— Ça ne doit pas être facile pour toi !

— Non, pas vraiment, et je trouve que son état empire de jour en jour ; quand je lui parle, elle ne m'entend même pas et elle ne me regarde pas, comme si son esprit n'était pas là. Son corps est là, mais dans son regard je ne capte pas l'étincelle de vie qu'elle avait avant.

Je me sens très triste pour lui et je ne trouve pas de mots pour le réconforter. Après un moment, il tourne son regard vers le téléviseur ;

j'en profite pour le regarder du coin de l'œil. Je le trouve tellement beau, doux, et je me sens si bien avec lui. C'est bien la première fois que je ressens ça avec quelqu'un que je connais depuis quelques jours à peine! Surtout un garçon!

Après les confidences qu'il vient de me faire, je me dis qu'il ressent peut-être la même chose que moi. Et, lui tendant une assiette, je lui offre:

— Est-ce que tu veux un biscuit?

— Non merci…

— Ils sont vraiment bons, dis-je en prenant une bouchée. Alors à quelle école vas-tu? réussis-je à articuler après avoir avalé mon morceau de biscuit.

— Je ne vais pas à l'école pour l'instant.

— Comment ça? Ce n'est pas obligatoire?

— Oui, mais j'ai eu un accident il y a trois mois. Depuis j'ai de grosses migraines et des trous de mémoire, ce qui fait que j'ai de la difficulté à me rappeler certaines choses. Je crois que mes parents attendent que j'aille mieux avant que je retourne à l'école.

— Quel genre d'accident as-tu eu?

— Un accident de voiture, enfin je crois, mais je ne me souviens plus de rien, c'est comme si des trous noirs altéraient ma mémoire. C'est vraiment fatigant, je te le dis.

— Je suis désolée pour toi, mais contente que tu t'en sois tiré sain et sauf.

— Oui moi aussi, même si parfois je me demande pourquoi je n'y suis pas resté, avoue-t-il.

— Mais qu'est-ce que tu veux dire?

— Depuis que je suis revenu à moi, mes parents ne sont plus les mêmes, ils sont devenus tellement distants. J'ai dû faire quelque chose de mal, je ne sais pas quoi, mais j'ai vraiment l'impression qu'ils m'en veulent.

— Ben voyons, tes parents t'aiment j'en suis certaine; tu sais les parents des fois agissent de façon bizarre, mais il ne faut pas que tu croies que c'est de ta faute.

— C'est ce que j'essaie de me dire, mais c'est difficile.

Je me trouve bien chanceuse tout d'un coup d'avoir des parents qui se soucient de moi, même si parfois je trouve qu'ils le font un peu trop.

— Est-ce que je peux t'avouer quelque chose? me demande-t-il.

— Oui…

— Te souviens-tu quand je t'ai vue pour la première fois quand tu attendais l'autobus?

— Oui je m'en souviens très bien.

— Je t'avoue que ça m'a redonné de l'espoir de voir que tu me regardais. Ça m'a fait du bien de sentir que quelqu'un me voyait enfin, car chez moi j'ai l'impression d'être invisible.

— Je t'assure que tu ne l'es pas!

Antoine sourit comme s'il était soulagé que je lui confirme qu'il est bel et bien visible! Je me demande même comment quelqu'un pourrait ne pas le voir!

Tout à coup des lumières éclairent les murs du salon par la fenêtre. Une voiture vient d'entrer dans notre stationnement. Je cours à la fenêtre pour vérifier si c'est bien la voiture de mes parents et je vois ma mère sortir du côté passager d'un pas pressé.

— Il ne faut surtout pas qu'ils te trouvent ici, dis-je affolée! Car c'est sûr qu'eux ils vont te voir!

Je me retourne vers Antoine qui n'est plus là, il a disparu! Mais où est-il passé?

— Antoine, où es-tu? ai-je chuchoté un peu paniquée.

Aucune réponse, je regarde sous le sofa et ma mère entre à toute vitesse.

— Qu'est-ce que tu fais par terre? me demande-t-elle.

— Rien, j'ai échappé quelque chose. Avez-vous eu une belle soirée? demandé-je pour changer de sujet.

— Oui, vraiment belle, nous avons eu un très beau souper. Et toi? demande-t-elle.

Puis son regard changea tout à coup.

— Florence! Comment est-ce que je peux te faire confiance si tu en profites pour me désobéir aussitôt que j'ai le dos tourné?

— Mais de quoi tu parles? en ayant le plus possible l'air surpris.

Elle pointe son doigt sur le canapé. Non, ne me dis pas qu'Antoine est derrière moi!

64

— Tu sais très bien que je ne veux pas que tu manges dans le salon, me réprimande-t-elle en se dirigeant vers mon assiette de biscuits.

— Les biscuits, c'est vrai j'ai oublié. Je suis désolée maman, mais j'avais un petit creux.

Pendant qu'elle m'explique ce qu'elle a commandé, elle ouvre le placard pour y ranger son manteau. J'ai un frisson dans le dos en voyant Antoine debout entre les manteaux. Ma mère prend un support en continuant de me parler de sa soirée et la voici qui sursaute.

Sur le plancher, des souliers sont tombés.

— Chéri! dit ma mère à mon père, je crois que je vais avoir besoin d'un placard juste pour mes souliers ; tu vois bien qu'il n'y a pas assez de place, et ils risquent de se briser en plus.

Elle prend soin de ranger chaque soulier avec grande attention. Sans même voir Antoine qui passe inaperçu entre un manteau de cuir et un manteau de pluie. Puis elle ferme la porte et me demande de ranger le salon en faisant attention de ne laisser aucune trace de mes biscuits sur le sofa.

Pendant qu'elle se prépare un thé avec mon père dans la cuisine, je me précipite vers le placard pour laisser sortir Antoine. Il paraît soulagé de voir mon visage. Je m'assure que mes parents ne nous voient pas et je l'invite à me suivre à la porte du perron.

Avant de me quitter, il se retourne vers moi et me chuchote une blague à l'oreille :

— Tu vois bien, on dirait qu'il n'y a que toi qui me vois! Bonne nuit, Florence.

Puis il se dirige vers sa maison en prenant soin de ne pas attirer l'attention des voisins.

Je le regarde s'éloigner, incapable de bouger; mais que se passe-t-il en moi? J'ai la sensation d'avoir plein de papillons dans le ventre et ça me rend tellement heureuse!

9

À l'heure du dîner, j'invite Mélanie à se joindre à notre bande. J'espère que ça va bien se passer! Assise à table, j'attends que Mélanie passe; je lui ai demandé d'arriver quelques minutes après moi, pour s'asseoir avec nous. J'ai pratiqué la scène des centaines de fois dans ma tête. Je vais utiliser l'excuse du travail sur notre projet de français. Je me sens un peu nerveuse, je ne voudrais pas avoir à choisir, surtout que j'ai annoncé à Mélanie que je la choisirais. Je la vois entrer dans la cafétéria, l'air angoissé: elle marche lentement en regardant le plancher. J'ai gardé une place libre à côté de moi.

— Mélanie, dis-je quand elle passe devant notre table, veux-tu qu'on travaille sur notre projet ce midi?

Elle se tourne vers moi, en acquiesçant, sans montrer trop d'émotion; je vois bien qu'elle craint la réaction de mon entourage.

Amélie m'a adressé un drôle de regard, puis elle est retournée à sa conversation avec ses amies, qui portait principalement sur elle. Moi j'ai pris ça pour un oui, mais Mélanie ne semble pas certaine, elle hésite à s'asseoir ; j'ai l'impression qu'elle a peur qu'une bombe n'explose sous sa chaise.

— Assieds-toi, Mélanie, dis-je en lui montrant la chaise à côté de moi, j'ai écrit quelques idées hier pour notre travail.

— Super, moi aussi j'ai quelques idées, dit-elle en s'asseyant enfin. Est-ce que tu as vu Antoine hier ? me demande-t-elle après quelques instants.

— Qui est Antoine ? demande Amélie, soudainement intéressée par notre conversation.

Je m'empresse de lui répondre avant Mélanie.

— C'est mon cousin, il a déménagé dans le quartier cet été.

— Est-ce qu'il est beau ?

Cette phrase sortie tout droit de la bouche d'Amélie me fait réagir comme une lionne dont le territoire est menacé.

— Il n'est pas ton genre, lui réponds-je abruptement.

— C'est sûr, Amélie, ajoute Josiane : il est de sa famille, quand même !

Normalement cette remarque m'aurait offusquée et j'aurais répondu à Josiane, mais tant qu'Amélie se tient loin de mon Antoine, c'est tout ce qui compte à mes yeux.

— J'étais juste curieuse, c'est tout, explique Amélie en caressant ses cheveux blonds.

Mélanie comprend sur-le-champ que je ne veux pas parler d'Antoine devant Amélie.

— Salut Florence!

Je reconnais tout de suite la voix de Philippe derrière moi.

— Salut! lui réponds-je sans me retourner.

— J'ai parlé avec Marianne hier, elle te salue.

Cette phrase me transperce comme un coup de poignard dans l'estomac.

Marianne a parlé avec ce traître de Philippe et en plus elle passe par lui pour me saluer! J'aurai tout entendu! Je me tourne vers Philippe pour le regarder droit dans les yeux.

— Qu'est-ce que tu veux dire?

— Juste que j'ai parlé avec Marianne hier : elle m'a confié que ça faisait longtemps qu'elle ne t'avait pas parlé.

— Et toi, est-ce que tu lui as dit quel traître tu es? Lui as-tu parlé de l'autre fille? Et du fait que tu t'en fous pas mal qu'elle soit partie?

Ces mots sont sortis de ma bouche à une vitesse incroyable.

— Calme-toi, Florence. Tu sais, Marianne ne reviendra jamais ici et ça n'aurait rien changé que je reste seul à pleurer pendant des semaines. Tu te trompes quand tu dis que je m'en fous, et de toute façon Marianne est loin d'être aussi parfaite que tu le penses! Tu sauras qu'elle m'a avoué qu'elle a déjà un nouveau *chum* et qu'elle est super heureuse là-bas, elle a plein de nouvelles amies, révèle Philippe.

Le poignard s'enfonce encore plus dans mon estomac et des larmes me montent aux yeux. Il ne faut pas que je pleure, non pas ici. Le souvenir de ma dernière conversation avec le père de Marianne me revient en mémoire: «elle est à la plage avec ses nouvelles amies». Je me sens minable, si seule et trahie par ma meilleure amie, qui ne retourne même pas mes appels et qui passe par ce traître de Philippe pour m'envoyer ses salutations. C'en est trop, je cours vers les toilettes des filles en bousculant quelques élèves au passage.

Arrivée aux toilettes, les larmes débordent de mes yeux, j'essaye de les retenir mais elles coulent sans que je puisse les contenir. Mélanie me rejoint presque aussitôt:

— Ça va, Florence?

Je suis incapable de lui répondre.

— Écoute, je suis certaine que Marianne s'ennuie de toi elle aussi; c'est sûr qu'elle n'a pas eu le choix de se faire de nouvelles amies, étant donné qu'elle ne connaissait personne là-bas.

— Je sais, ça ne me dérange pas qu'elle ait de nouvelles amies, mais j'avais l'impression que notre amitié durerait toujours.

Ces mots font couler encore plus les larmes, que j'essaye tant bien que mal de retenir.

— Je suis là pour toi, Florence, poursuit Mélanie, et toi aussi tu as plein de nouvelles amies maintenant.

— Merci Mélanie…

Après quelques instants, mes larmes cessent de couler, ce qui me permet de respirer normalement. Je me regarde dans le miroir avant de sortir des toilettes pour réparer les dégâts de mon maquillage sur mon visage. À la vue de mon reflet au visage bouffi et tout rouge, je me mets à rire, probablement un rire d'épuisement d'avoir autant pleuré. Mélanie se met à rire avec moi sans que nous puissions nous arrêter. Ça me fait du bien de rire ainsi.

— Mélanie, ma nouvelle meilleure amie maintenant, c'est toi. Tu es la seule avec qui je peux parler sans craindre les jugements.

Mélanie me sourit de son sourire métallique. Je vois bien dans ses yeux qu'elle est contente que je lui dise ça. Mais ce qui me surprend le plus, c'est que ce que je viens de dire est vrai, et je me sens honteuse de la manière dont je l'ai traitée au début de l'année.

— En passant, c'est qui le garçon avec Philippe ? demande Mélanie.

— C'est Mathieu, tu veux que je te le présente ? que je lui offre en retrouvant mon sourire.

Mélanie a le don de changer de sujet pour me redonner le sourire. Nous sommes retournées à notre table, où Philippe et Mathieu ont pris place. Personne ne me demande si je vais bien, je crois qu'ils n'ont même pas remarqué mon état d'esprit de tantôt. Je suis maintenant à côté de Mathieu, et Mélanie se retrouve en face de moi, à côté de Philippe. Il n'arrête pas de parler de lui-même, en faisant rire son auditoire féminin qui le regarde avec engouement. Philippe a cet effet sur les filles, sauf sur moi bien sûr !

Personne ne semble avoir remarqué notre retour, sauf Mathieu qui se présente à Mélanie.

— Moi c'est Mélanie, lui répond-elle en rougissant.

Il lui sourit pendant un instant et nous demande :

— Est-ce que vous allez au refuge samedi ?

— C'est quoi le refuge ? demande Mélanie.

— Qui ne connaît pas le refuge ! réplique Amélie d'un ton sarcastique, qui tout d'un coup remarque notre présence. Même ma sœur de six ans connaît cet endroit.

— C'est un petit resto en ville où il y a des tables de billard et de la musique, c'est vraiment agréable. Si tu veux, je peux t'y amener samedi soir, offre Mathieu sans même tenir compte du sarcasme d'Amélie pour ridiculiser Mélanie.

— O. K., j'aimerais ça ! acquiesce Mélanie, les joues encore plus rouges. Mais il faut que je vérifie avec ma mère avant.

— Alors, si tout va bien, on vous prend chez Florence samedi à sept heures. C'est mon frère qui conduit et ça tombe bien, il y a de la place pour deux autres personnes.

Mélanie, favorable à cette idée, glousse sans trop laisser paraître ses broches. J'accepte l'invitation, même si ça ne me tente pas vraiment, mais elle semble tellement vouloir y aller. Qu'est-ce qu'on ne ferait pas pour une amie!

Nous avons passé le reste de la semaine à nous tenir avec notre nouveau groupe et tout semblait bien se passer. Amélie n'était pas des plus amicales, mais elle semblait avoir accepté l'idée que Mélanie se greffe à la clique. Des gens que je ne connaissais même pas me saluaient dans le corridor de l'école et je n'avais plus à me cacher d'Alex, d'autant plus que son attitude s'était améliorée envers Mélanie et moi. Je n'avais jamais connu Alex de cette façon; c'est sûr que de se tenir avec la fille dont il est amoureux, ça aide à obtenir son respect.

10

Vendredi, je descends de l'autobus en courant vers la maison avec un bonheur immense. J'espère de tout cœur voir Antoine ce soir, je ne l'ai pas vu de la semaine ; en fait, depuis l'épisode du placard. Depuis ce soir-là, tous les matins, je me réveille avec le sentiment qu'il me manque. C'est bizarre, je sais, car je ne le connais que depuis quelques jours, mais j'ai l'impression que nous nous connaissons depuis plusieurs années. Le souper enfin terminé, je m'installe sur le balcon pour faire mes devoirs et... pour observer sa maison. Cela fait bien une vingtaine de minutes que j'attends en espérant entrevoir un signe de vie à l'intérieur, quand j'entends une voix derrière moi.

— Qu'est-ce que tu fais dehors ? demande ma mère en sortant avec sa tasse de thé à la main.

— Rien de spécial, je termine mes devoirs, dis-je en feignant d'écrire dans mon livre de mathématiques.

Ma mère s'assoit sur la chaise à côté de moi, avec une petite veste sur les épaules, et après quelques minutes elle rompt le silence :

— Je crois que je vais les inviter à souper un jour, qu'en penses-tu ? me demande-t-elle en regardant la maison des voisins.

— T'es sûre ? Je ne sais pas, je trouve qu'ils sont un peu étranges, surtout la femme : elle ne semble pas bien aller.

— Quand son mari est venu apporter les biscuits, il m'a confié que sa femme était désolée de son comportement envers toi. Il m'a dit qu'elle passe des moments difficiles et qu'elle perd son sang-froid à l'occasion.

— Je sais, elle est super dépressive ; y paraît même qu'elle pleure presque tout le temps.

— Comment tu sais ça, toi ?

— Antoine me l'a dit.

— Qui est Antoine ? demande ma mère, qui prend soudain conscience des entretiens de sa fille avec un garçon qu'elle ne connaît pas.

— Leur fils !

— Ils ont un fils ? Je ne le savais pas ! s'exclame ma mère d'un air surpris.

— On ne le voit pas souvent parce qu'il ne va pas à l'école ici. Étant donné l'état de sa mère, il préfère ne pas sortir ni inviter des gens chez lui.

— C'est triste ça, et dire que je n'avais pas noté qu'ils avaient un enfant.

Après un moment de silence, elle me demande :

— Et cet Antoine, est-ce que tu le vois souvent ?

— Maman ! C'est un voisin, c'est tout.

— C'est juste pour savoir. Je trouve étrange que tu ne m'en aies pas parlé avant, voilà tout ! Mais si jamais tu as besoin d'en parler ou si tu as des questions, n'hésite pas à venir me voir, O. K. ? m'implore ma mère en me regardant d'un air sérieux.

— Maman, je n'ai pas cinq ans !

— Oui justement, c'est bien ce qui m'inquiète !

— Maman !

— Bon, j'ai compris, je te laisse faire tes devoirs, cède-t-elle en se levant. N'oublie pas que je t'aime et que tu resteras ma princesse, même si tu n'as plus cinq ans.

— Je sais, maman ; moi aussi, je t'aime.

Enfin seule, je peux recommencer à surveiller la maison en laissant mes pensées naviguer dans ma tête. J'aime tellement penser à Antoine. Toutefois, je commence à sentir la fraîcheur de l'automne qui prend peu à peu la place de la chaleur estivale. C'est donc avec un peu d'amertume que je décide de rentrer pour me réchauffer. J'aurais tellement aimé le voir.

Je jette un dernier coup d'œil vers sa maison avant de fermer la porte et mon regard se fige, je sens mon cœur qui commence à battre plus vite, car je perçois du mouvement dans sa chambre. Tout à coup nos yeux se croisent et je me sens soulagée. C'est drôle, j'ai l'impression que plus rien de mal ne pourrait m'arriver. J'agite la main tandis qu'il me fait signe d'aller chez lui. Je hoche la tête pour refuser, il n'est pas question que je sonne à sa porte pour tomber nez à nez avec sa mère. Mais il insiste et disparaît de la fenêtre.

Et puis zut, j'y vais! De toute façon, je suis pas mal certaine que ses parents ne sont pas là. Arrivée devant sa porte, j'hésite à sonner. Je prends quelques inspirations, les yeux fermés et le doigt tendu vers la sonnette. Je sens mon cœur qui bat la chamade. Mais avant même que je trouve le courage de sonner, la porte s'ouvre doucement.

— Salut, Florence!

— Salut, Antoine. Veux-tu venir chez moi? Je viens justement de parler de toi à ma mère et elle aimerait bien te rencontrer.

— Tu as parlé de moi à ta mère? répète-t-il avec un petit sourire aux lèvres.

Un malaise m'envahit tout d'un coup: mais qu'est-ce qui m'a pris de dire ça? Qu'est-ce qu'il va penser! Que je passe mon temps à parler de lui et à penser à lui? Même si c'est vrai, il n'est pas obligé de le savoir, ça pourrait lui faire peur. J'essaie de m'expliquer.

— Ce n'est pas ce que tu crois, c'est juste que ma mère voulait inviter tes parents et...

— Wow! Florence, ça va, ça ne me dérange pas que tu parles de moi. Et puis, pourquoi aller chez toi? Mes parents ne sont pas ici, alors tu pourrais entrer si tu veux. Tu n'as plus à avoir peur, tu sais.

— Mais tes parents ne seront pas fâchés s'ils me voient ici?

— C'est sûr que ma mère préfère que je n'invite personne, mais ils ne reviennent pas avant neuf heures et tes parents ne voulaient pas plus que j'entre chez toi l'autre jour. Tu m'as pourtant bien invité!

Touché!

— Bon, O. K., mais pas trop longtemps.

Alors j'entre dans la maison de mes nouveaux voisins, cette maison que je connais trop bien, car j'y ai vécu une partie de mon enfance avec Marianne.

En entrant dans le salon, j'ai un choc! Maintenant je comprends ce qu'Antoine voulait dire quand il trouvait que mes parents ne mettaient pas beaucoup de photos sur les murs. Il doit bien y avoir des centaines de photos au salon, il y en a partout!

— Wow! Tes parents adorent les photos!

Je prends garde de ne pas l'offusquer.

— Je sais que ça peut paraître excessif. Chaque fois que ma mère ajoute un cadre, j'essaye de l'en dissuader, mais elle ne m'écoute pas.

Je fais le tour du salon en regardant les photos de plus près. Toute la vie d'Antoine se déroule sous mes yeux, de bébé à aujourd'hui, et ces cadres reflètent une famille heureuse. Je me tourne vers lui :

— Je trouve ça intéressant, je peux connaître ta vie depuis ta naissance.

Antoine sourit :

— Je sais, c'est vraiment étrange…

— Mais non, moi je trouve ça original.

— Viens, je te fais visiter la maison.

Je le suis avec une certaine gêne, car nous sommes seuls tous les deux. Arrivés dans sa chambre, je ne suis pas étonnée d'y voir d'autres photos. C'est une vraie chambre de gars, avec les médailles accrochées au mur. Quoiqu'un peu trop propre à mon goût. Si jamais je l'invite dans la mienne, il faudrait que je pense à faire le ménage, car c'est loin d'y être aussi propre. De sa fenêtre, je peux voir un bout de ma chambre. J'espère qu'il ne m'a pas surprise à l'espionner. En vérité, je ne l'espionne pas, mais j'aime bien regarder sa fenêtre pour voir ce qu'il fait de temps en temps.

— J'ai une belle vue d'ici, hein ? confirme-t-il avec un sourire. Veux-tu boire quelque chose ?

— O. K.!

Après ma timide acceptation, nous descendons, je reste au salon pendant qu'il se dirige vers la cuisine. Mon regard s'arrête sur les DVD, serrés dans le meuble de télévision. Ce sont tous des films de famille. *Nos vacances d'été*, *Fête d'Antoine*, *Noël*… il y en a des dizaines.

— Est-ce que ça te dérange si je mets un DVD? que je lui demande.

— Ça ne me dérange pas! répond Antoine en entrant dans le salon.

Je prends un DVD dont le titre est *La naissance d'Antoine*.

— Wow! Tes parents ont filmé ta naissance!

— Oui mais j'aimerais mieux que tu en choisisses un autre, dit-il en enlevant le DVD de mes mains.

Il en prend un autre et le met dans le lecteur DVD. Je m'assois sur le canapé, où il me rejoint aussitôt. Dès qu'il s'installe près de moi, une chaleur m'envahit, qui me donne des palpitations. À cet instant, nos deux corps se touchent presque: je pourrais rester sur ce canapé toute ma vie! Après quelques secondes, une femme apparaît à l'écran du téléviseur. Elle fait des signes de la main et rit de bon cœur. À ses côtés, un enfant d'environ deux ans. La femme commence à chanter une comptine avec le petit garçon qui essaye difficilement d'articuler les mots.

— Bravo Antoine, tu chantes avec maman, dit une voix d'homme derrière la caméra.

Je me tourne vers lui.

— Est-ce toi et ta mère?

— Oui! (*Il regarde l'écran qui renvoie l'image de sa mère.*) Je t'ai dit qu'elle était bien différente avant.

— Elle a l'air si… Je cherche le mot juste.

— Heureuse… complète-t-il en continuant de regarder la vidéo.

Antoine et moi avons passé la soirée à regarder les vidéos souvenir en riant et chantant les comptines que sa mère chantait. J'ai du mal à imaginer que la femme à l'écran soit la voisine que je redoute aujourd'hui. Si proche de lui, j'ai l'impression que le temps est suspendu, je me sens enveloppée dans un univers où tout est possible, où rien ne peut me faire peur, où rien ne peut m'arriver de mal. Je suis tellement bien, mais en regardant l'horloge accrochée au mur, je me lève d'un coup. Il se fait tard !

— Il faut que je rentre, Antoine, neuf heures approche et je ne veux surtout pas que tes parents me surprennent ici, dis-je un peu paniquée.

C'est drôle comme l'ambiance peut changer vite ! Antoine met le film en pause et me raccompagne vers la porte.

— Attends un peu, je veux te donner quelque chose, s'exclame-t-il en montant l'escalier à vive allure.

Je reste plantée devant la porte avec la crainte de me retrouver nez à nez avec sa mère. Même si maintenant je la vois différemment, elle me fait toujours un peu peur.

Il revient enfin après quelques minutes qui m'ont semblé interminables.

— Tiens, c'est à toi.

Dans sa main ouverte, un bracelet en cuir noir tressé : il est vraiment beau.

— Mais je ne peux pas accepter ça.

— S'il te plaît, prends-le, j'ai toujours voulu le donner à quelqu'un de spécial pour moi et je crois que j'ai trouvé…

— Trouvé quoi? demandé-je avec de la gêne dans la voix.

— La personne spéciale… me confie-t-il.

Je me sens rougir encore une fois. Je prends le bracelet et retourne chez moi avec l'impression de flotter sur un nuage.

Ces images d'Antoine avec ses parents ont hanté mon esprit tout le reste de la soirée. Qu'est-il advenu du bonheur de cette famille? Il est difficile de comprendre comment sa dynamique a pu changer du tout au tout. Ce soir-là, je m'endors en serrant sur mon cœur mon poignet orné d'un joli bracelet dont plus jamais je ne me séparerai.

11

Couché dans son lit, Antoine ne peut fermer les yeux, il pense encore à Florence. Il la trouve vraiment spéciale et il l'aime de plus en plus. Il sent son cœur battre lorsqu'il se retrouve près d'elle. Elle lui fait tellement de bien. Étendu sur son lit, il entend ses parents entrer dans la maison. Sa mère est fatiguée de sa journée, elle range son manteau dans le placard de l'entrée et passe par le salon pour aller à la cuisine.

Soudain, elle fige devant la télévision encore allumée. Sur l'écran, Antoine à deux ans dans les bras de sa mère : les deux affichent un bonheur incommensurable. Elle tombe à genoux, tremblant de tous ses membres, les yeux pleins de larmes. Elle voudrait crier, mais pas un son ne sort de sa bouche pourtant grande ouverte. Quand son mari arrive au salon, il court vers sa femme accroupie par terre. Elle pointe l'index vers le téléviseur de sa main tremblante. Il éteint rapidement l'écran et aide son épouse.

— Tout va bien, ma chérie, je vais t'aider à monter dans la chambre; allez, tiens-toi après moi, lui enjoint-il en essayant de la calmer.

Elle s'agrippe à lui avec le peu de force qu'il lui reste.

— Pourquoi, pourquoi! murmure-t-elle.

Il la prend dans ses bras pour la faire monter. Antoine, du haut de l'escalier, a assisté à la scène, impuissant. Sa mère ne va vraiment pas bien. Si au moins il savait quoi faire pour l'aider. La voici suspendue au bras de son époux. Ils passent à côté de lui et entrent dans leur chambre.

Le père la dépose lentement sur leur lit et la borde doucement. Antoine s'en approche.

— Est-ce que maman va bien?

— Ne t'inquiète pas, tout va bien, dit son père en caressant le visage de sa tendre moitié.

Elle regarde son mari et demande d'une voix chevrotante:

— Est-ce que je pourrai un jour redevenir cette femme? Celle dans la vidéo? Dis-moi, où est-elle?

— Mais c'est toi, chérie, c'est toi. Il te faut un peu de temps et du repos, tu es fatiguée, repose-toi et demain je vais appeler le médecin pour qu'il te voie.

— Non, je ne veux pas voir le médecin: il va encore me donner des médicaments; je ne veux plus en prendre.

— O. K., j'ai compris, mais maintenant repose-toi.

Il lui caresse doucement les cheveux, ce qui la calme aussitôt. Peu après, il sort de la chambre en éteignant la lumière et en laissant la porte entrouverte.

Il se dirige vers la cuisine où il se sert un verre de cognac sur glace. Puis il va au salon s'asseoir dans son fauteuil. Il prend une grosse gorgée de cognac en grimaçant de satisfaction. Il regarde autour de lui et prend une photo placée sur la table d'appoint à côté de lui. Il trouve que sa femme exagère un peu avec les photos, mais ça lui fait du bien, alors il la laisse faire. Tous ses souvenirs l'aident à ne pas oublier : ne pas oublier le passé, garder un lien avec ceux qu'ils ont déjà été. Antoine s'approche de son père :

— Qu'est-ce qu'elle a, maman ?

Son père prend une autre gorgée de cognac, il semble perdu dans ses pensées. Après un moment, il explique :

— Tu sais, ta mère trouve ça vraiment difficile. Le médecin estime que ça peut prendre plusieurs mois encore avant qu'elle aille mieux. Elle pourrait même ne jamais redevenir ce qu'elle était avant…

Il prend une autre gorgée et ajoute : « Je ne sais pas comment l'aider, moi aussi je trouve ça difficile. »

Il prend son visage entre ses mains, l'air découragé :

— Ta mère s'en veut terriblement, elle croit que tout est de sa faute ; je crois qu'elle ne pourra jamais accepter.

— Accepter quoi ? demande Antoine, qu'est-ce qui s'est passé ? Papa, il faut que tu m'expliques !

Son père prend une autre grosse gorgée de cognac, regardant son verre maintenant vide.

— Même moi je n'y comprends rien, tout s'est passé si vite et ta mère dépérit de jour en jour. Je n'arrive plus à voir clair.

Il a des tremblements dans la voix : « Pardonne-moi, pardonne-moi », soupire-t-il en mettant son visage dans ses mains pour cacher ses larmes.

Antoine ne sait comment réagir, il est maintenant habitué de voir sa mère pleurer, mais son père, c'est la première fois.

— Ça va, papa ?

Après un moment, son père essuie ses larmes.

— Ne t'inquiète pas, Antoine, on va y arriver ; on va s'en sortir, tu verras.

— Je t'aime, papa ! dit Antoine en posant sa main sur l'épaule de son père. Je vais me coucher, tu devrais y aller toi aussi.

En montant l'escalier, Antoine entend son père murmurer :

— Je t'aime, Antoine, je t'aime tellement.

Antoine sourit au son de ces mots qu'il avait bien besoin d'entendre, tout en continuant à monter vers sa chambre. Son père reste un instant en bas pour reprendre ses esprits. Il hésite entre se servir un autre verre ou aller se coucher. Finalement il décide de rejoindre sa femme, il se lève et replace la photo d'Antoine, qu'il tenait encore entre ses mains bien en vue sur le meuble du salon.

12

— Comment me trouves-tu? me demande Mélanie en sortant de la salle de bain, tu ne penses pas que j'en fais un peu trop? questionne-t-elle en se tournant d'un côté puis de l'autre.

— Mais qu'est-ce que tu dis? Tu es super belle, regarde toi dans le miroir.

— Je me trouve bizarre dans cette tenue! ajoute-t-elle en s'examinant de haut en bas.

Mélanie porte une superbe robe rouge d'été que je lui ai prêtée et elle lui va à ravir.

— Maintenant viens t'asseoir sur mon lit, je vais te coiffer, lui ordonné-je avec enthousiasme.

— Quoi? Mais qu'est-ce que tu vas faire? Je ne veux pas ressembler à une fille qui essaye d'en devenir une autre simplement parce qu'un garçon m'a invitée.

— Ben voyons Mélanie, se coiffer ne change pas ta personnalité, je vais juste te faire un petit chignon, tu vas voir ça va être très beau!

Après quelques minutes à travailler méticuleusement, je peux enfin admirer mon œuvre d'art. Je viens de me découvrir un talent pour la coiffure. Je contemple Mélanie qui est vraiment belle avec ce chignon qui laisse tomber quelques mèches rebelles qui lui donnent une allure prestigieuse. Je l'ai maquillée légèrement, ce qui fait ressortir ses merveilleux yeux bleus. Quand Mathieu sonne à la porte, nous sommes encore dans ma chambre.

— Dommage qu'Antoine ne puisse venir. Le lui as-tu demandé au moins?

— Non, mais il ne sort pas souvent depuis qu'il a eu son accident.

— Oh! Je ne savais pas. Quel genre d'accident?

— En fait, il ne s'en souvient plus.

— Sérieusement!

— Allez! On en parlera une autre fois. Ton carrosse t'attend en bas, ma chère!

— Ha! Ha! Très drôle. Je te fais remarquer que c'est notre carrosse à toutes les deux.

— Oui, mais Mathieu ne m'a jamais regardée comme il te regarde, toi, lui répliqué-je avec un clin d'œil.

Ce qui fait rougir Mélanie très rapidement. Comme Mathieu nous attend près de la porte d'entrée, je décide de descendre la première, car je veux laisser à Mélanie le moment où il la regardera descendre seule les marches comme une princesse.

Je vois ses yeux s'illuminer dès qu'elle apparaît. C'est exactement comme dans une scène de films où la fille, qui est vraiment belle, descend les marches au ralenti pendant que le gars la regarde comme s'il avait eu une révélation. J'espère seulement qu'elle ne déboulera pas les escaliers, car elle n'est pas habituée avec des talons hauts. Heureusement, tout se passe parfaitement bien. Mélanie sourit, il est figé devant elle. Je suis subjuguée par ce que j'observe. Pourtant il n'y a aucun doute, Mathieu est ébloui par Mélanie! Je n'aurais jamais pensé que Mélanie puisse troubler quiconque. Comprenez-moi bien, j'aime beaucoup Mélanie, mais ce n'est pas le genre de fille qui obnubile les garçons, du moins je le croyais jusqu'à aujourd'hui.

Nous nous sommes assises avec Mathieu sur la banquette arrière de la voiture, tandis que Philippe s'est installé du côté passager près du frère aîné de Mathieu. Mélanie et Mathieu se parlent à bâtons rompus et j'ai l'impression d'être de trop, mais ça ne me dérange pas car je suis assurément contente pour Mélanie, surtout que Mathieu est vraiment un gentil garçon. À cet instant, mon regard se perd dans le ciel étoilé qui défile devant moi, et pendant le reste du trajet, je dirige mes pensées vers Antoine.

Nous faisons quelques parties de billard, puis je m'installe à table pour boire mon Sprite.

— Merci Florence, dit Mélanie en s'asseyant à côté de moi.

— Pourquoi?

— Juste merci d'être mon amie, me répond-elle avec un air de bonheur intense.

Je ne sais trop quoi lui répondre, car je me sens encore mal pour la façon dont je l'avais traitée au début de l'année.

— Tu sais, commence-t-elle, j'ai souvent rêvé à un tel moment, mais la vérité est encore mieux que tout ce que j'avais pu imaginer, lâche-t-elle en regardant Mathieu qui l'observe du fond de la salle.

Sincère, je lui rétorque:

— Moi aussi, je suis contente d'être ton amie.

— En passant, il est vraiment beau ton bracelet, c'est la première fois que je le vois.

— Je l'ai eu hier. En fait, Antoine me l'a donné.

Penser à ce moment me donne des papillons dans le ventre.

— Tu ne m'as pas dit ce qui s'est passé avec Antoine! Son accident, sais-tu ce qui lui est arrivé?

— Pas vraiment, il m'a juste dit qu'il s'est réveillé un matin et qu'il ne se rappelait plus ce qui s'était passé et il a très souvent mal à la tête depuis.

— Ses parents ne lui ont pas expliqué?

— Ça peut paraître bizarre, mais ses parents ne lui parlent plus depuis l'accident. Antoine pense qu'ils lui en veulent pour l'incident qu'il a oublié.

— Wow! Mais quelle sorte de parents a-t-il? Ils devraient se réjouir qu'il soit encore en vie!

— Je sais, je ne comprends pas moi non plus, mais sa mère me fait vraiment peur, elle est en dépression.

— Pauvre Antoine, ajoute Mélanie en se tournant vers Mathieu qui lui envoie un sourire radieux qui ne passe certainement pas inaperçu.

La soirée se déroule comme un rêve pour Mélanie, Mathieu nous raccompagne à la maison à l'heure prévue.

— On se voit lundi à l'école, lance Mathieu avant de partir.

— À lundi, répondons-nous en chœur, Mélanie et moi.

Mathieu ajoute, à l'intention de Mélanie:

— Je n'ai jamais eu aussi hâte à un lundi de ma vie.

— C'est confirmé, dis-je pendant que l'auto s'éloigne, il est amoureux de toi!

— Tu penses? Mais c'est impossible, jamais personne n'a été amoureux de moi.

— La vie nous réserve plein de surprises! conclus-je en serrant mon bracelet sur mon cœur.

13

Je cherche Mélanie partout depuis que je suis arrivée à l'école. J'ai vraiment hâte de la voir. Elle n'était pas dans l'autobus, mais je suis certaine qu'elle est à l'école ; elle ne manquerait pas ce lundi, ça c'est sûr ! N'importe quel lundi peut-être, mais pas celui-là, pas celui où le beau Mathieu lui a donné rendez-vous. Je la vois enfin assise à sa place en classe de français.

— Salut Mélanie, dis-je en m'asseyant à côté d'elle.

Elle ne lève pas son regard de son livre.

— Est-ce que tu vas bien ? Je t'ai cherchée partout !

— Hum ! Hum ! marmonne-t-elle d'un ton désintéressé.

— Mélanie! insisté-je, ça va bien? Tu n'étais pas dans l'autobus ce matin, ta mère t'a amenée à l'école? As-tu vu le beau Mathieu? lui demandé-je en plaisantant.

Sans même me regarder, elle répond:

— T'auras plus besoin de faire le travail de français avec moi, j'ai déjà demandé au prof si je peux faire le projet seule et il a dit oui!

— Quoi! Mais de quoi tu parles?

— Tu as très bien compris, répond-elle sèchement en retournant à sa lecture.

Je suis confuse, je ne sais pas du tout de quoi il s'agit.

— Voyons, Mélanie, qu'est-ce qui te prend?

— Fais pas semblant que ça te fait de la peine, je ne veux pas de ta pitié, et puis comme ça tu pourras être en équipe avec tes meilleures amies, ajoute-t-elle avant de mettre ses écouteurs sur ses oreilles pour écouter sa musique, ou plutôt pour ne plus m'entendre.

J'aurais voulu lui arracher les écouteurs afin qu'elle s'explique, mais le prof nous demande de nous asseoir pour commencer le cours.

J'essaye d'attirer l'attention de mon amie pendant toute la durée de la classe, mais elle ne me regarde même pas. J'ai hâte que le cours finisse pour pouvoir lui parler. Le professeur nous laisse la dernière demi-heure pour travailler sur notre projet.

«Florence, est-ce que tu veux travailler avec nous?» me propose Amélie.

Je la regarde d'un air interrogateur. Pourquoi me propose-t-elle cela ? Elle sait très bien que je suis avec Mélanie, enfin que j'étais avec elle !

— Allez, insiste Amélie, j'ai déjà demandé au professeur au début du cours et ça ne le dérange pas que tu travailles avec nous.

— Pourquoi tu lui as demandé ça ? Tu sais très bien que je travaille avec Mélanie.

— Tout le monde sait que tu n'avais pas le choix et j'ai cru comprendre qu'elle voulait travailler seule maintenant. Alors viens avec nous.

J'hésite, je n'ai pas trop envie d'être la domestique d'Amélie et je ne sais trop pourquoi, j'accepte quand même, quoique sans trop d'enthousiasme. Je me suis donc installée avec Amélie et Josiane sans oser regarder Mélanie.

— Alors de qui allez-vous parler ? demandé-je.

— En fait, nous allons parler de moi, je veux dire Josiane le fera, bien sûr, car ça serait un peu prétentieux si je disais moi-même que j'ai changé ma propre vie.

Amélie se met à sourire en pensant à cette idée. Probablement qu'elle s'imagine parler d'elle comme de la personne la plus extraordinaire qu'elle ait rencontrée de sa vie… devant son miroir.

— Mais je croyais que nous devions parler de quelqu'un qui avait changé notre vie !

— Mais oui, c'est ça ! Josiane va dire comment j'ai changé sa vie ! approuve-t-elle d'un ton qui signifie que «c'est si évident que tout le monde comprend, sauf toi»! Et avec toi, ça va être encore mieux, vous pourrez toutes les deux décrire mes performances et mes exploits qui vous ont marquées, tandis que je vais montrer des photos.

Plus elle parle de son idée qu'elle semble trouver géniale, plus elle devient excitée. Pendant qu'Amélie nous explique comment nous allons parler d'elle, je regarde Josiane qui n'a pas l'air trop enchantée. Je devine que cette idée n'était pas la sienne, mais étant donné qu'Amélie obtient toujours ce qu'elle veut, elle n'a sûrement pas eu le choix. Et maintenant je me retrouve, je ne sais plus trop pourquoi, dans la même situation. Misère!

— Mais toi tu ne parleras pas?

— Ben oui, je vais prendre le temps d'expliquer comment j'ai réussi à avoir toutes mes médailles et mes différents prix de distinction. Je vais expliquer les sacrifices que j'ai dû endurer et tout le travail que cela m'a donné.

On aurait dit qu'elle voulait qu'on la prenne en pitié, mais ça ne marche pas avec moi, je sais très bien qu'elle est une enfant gâtée.

— Je ne suis pas certaine, il me semble que ça serait plus intéressant de prendre quelqu'un de plus…

— De plus quoi?

Elle me fusille du regard.

J'aurais voulu dire «quelqu'un de plus intéressant», mais je me suis contentée de dire:

— Quelqu'un de plus connu!

— Écoute, Florence, ça nous fait plaisir de te prendre avec nous dans notre équipe, j'ai même pris la peine de te débarrasser de Mélanie et tu ne sembles même pas reconnaissante!

— Qu'est-ce que tu veux dire par là?

— Disons que je lui ai téléphoné hier soir.

— Quoi! Et que lui as-tu dit?

— Je lui ai juste expliqué que maintenant que tu fais partie de mes amies, tu ne peux plus être vue avec elle, c'est une question de principe.

— Quoi! Mais de quoi tu parles?

— Florence, ne fais pas comme si tu ne comprenais pas, je sais très bien que tu as été obligée de travailler avec Mélanie et la semaine passée elle n'a pas arrêté de te suivre partout! C'en était gênant pour toi!

— Comment as-tu osé lui dire ça?

— Ne te fâche pas, Florence, il fallait bien qu'on lui en parle et elle a très bien réagi, elle a compris que tu ne voulais pas lui faire de peine et que c'est pour ça que tu ne lui disais pas de partir.

— Mais ce n'est pas vrai!

— De toute façon, moi je dois faire attention à ma réputation et il n'est pas question que j'accepte que mon entourage se tienne de près ou de loin avec des personnes comme ça.

— Des personnes comme quoi? la questionné-je, choquée par de tels propos.

— Des perdantes, des personnes de basse classe. C'est évident, non? Bon, on doit travailler maintenant.

Et elle commence à dicter tout ce qu'on doit dire, pendant que Josiane prend des notes sans broncher.

Je suis stupéfaite et surtout offusquée par tout ce que je viens d'entendre. Il n'est pas question que je devienne comme Josiane, une personne qui ne dit pas ce qu'elle pense et qui acquiesce à tous les désirs de madame la princesse, qui se croit un peu trop à mon goût. Et je suis très triste pour Mélanie: connaissant Amélie, je pense qu'elle a été vraiment méchante!

Je viens de comprendre maintenant pourquoi Mélanie a agi de la sorte avec moi. J'ai envie de me lever et de la rejoindre, mais je ne sais pas pourquoi je reste assise. Est-ce un manque de courage, de la peur? Je l'ignore, mais je ne suis pas fière de moi. Je passe tout le reste de la classe sans broncher à écouter Amélie parler. Parfois je regarde Mélanie du coin de l'œil, en me souvenant des fous rires que nous avons eus ensemble la première fois qu'on a essayé de travailler sur le projet. Je dis bien *essayé* parce que nous avions tellement ri et parlé d'Antoine que nous n'avions pas vraiment travaillé.

Après une demi-heure interminable, la cloche sonne enfin. Délivrée par la cloche!

Du moins, je le croyais, sauf qu'Amélie a continué pendant le dîner. J'ai même accepté d'écrire, un peu par pitié pour Josiane, qui semblait avoir mal à la main.

Pendant le dîner, je regarde Mélanie assise à quelques tables de nous, toute seule. Je voudrais tellement la rejoindre, mais en même temps je me dis qu'Amélie a peut-être raison. Car je me souviens qu'au début de l'année, je ne voulais pas qu'on me voie avec elle. Est-ce que j'ai accepté de me tenir avec elle par pitié ou par peur de me retrouver seule? Pendant que je me questionne, Philippe et Mathieu arrivent à notre table.

— Mais où est Mélanie? me demande Mathieu en prenant place à mes côtés.

Amélie lui répond brusquement:

— Mélanie ne fait pas partie de notre clique, elle n'en a jamais fait partie.

— Pourquoi tu dis ça? demande Mathieu, perplexe.

— Je l'avais laissée nous suivre car j'avais pitié d'elle, mais je lui ai fait comprendre que ça suffit. Il y a des limites à laisser les gens faire ce qu'ils veulent! rétorque Amélie sans le moindre remords.

Mathieu me regarde, dans ses yeux je discerne de l'incompréhension.

— Dis-moi que c'est une blague!

Je me suis contentée de baisser les yeux, honteuse.

— Sérieux, Florence? me lance-t-il, estomaqué par mon manque de caractère vis-à-vis d'Amélie.

Je lève mon regard vers la table où Mélanie est assise, Alex lui lance des boules de papier dans le dos. Je me demande comment elle fait pour ne pas réagir à ses taquineries. À sa place, j'aurais sûrement explosé de colère, ce qui n'aurait fait qu'aggraver mon cas, c'est évident! Alex en aurait profité pour tourner ma colère en ridicule. Je l'imagine en train de se moquer, en ricanant:

«La petite Florence à sa maman est en train de piquer une grosse colère! Pauvre petite chouette, ce n'est pas beau une fille en colère; ta mère ne te l'a jamais dit? Ça doit être pour ça que tu es laide comme ça!»

Et tous les élèves se seraient ligués contre moi, me tournant en dérision. Et j'aurais bien évidemment perdu mon statut de fille populaire.

Tandis que je pense à cela, je vois Alex sortir une bouteille de ketchup de sa boîte à lunch et la secouer de haut en bas en prenant soin de diriger le goulot vers Mélanie. En quelques secondes, elle se retrouve inondée de ketchup. Alex se met à rire si fort que tout le monde s'est tourné vers Mélanie, provoquant un enchaînement de rires dans l'ensemble de la cafétéria. Un professeur intervient enfin, après avoir été interpellé par le bruit, mais Alex s'excuse en prétextant un accident. Moi je sais très bien qu'il l'a fait exprès, j'ai tout vu de ma place! Mélanie se lève pour aller à la salle de bain et, lorsqu'elle passe devant notre table, j'entends Amélie lui asséner, d'un ton sarcastique:

— Il y a des gens qui ne savent vraiment pas comment manger! On devrait leur apporter une bavette!

Puis elle se met à rire en regardant Mélanie la tête pleine de ketchup et les yeux rougis par des larmes retenues. Toute la tablée s'esclaffe, sauf Mathieu et moi. Je suis bouche bée devant tant de méchanceté. Mathieu aussi semble renversé par la situation. Mélanie me regarde droit dans les yeux et je peux ressentir toute sa douleur. Puis elle sort de la cafétéria en courant.

J'ai tout à coup extrêmement honte d'être assise à ma place, honte d'être là et de ne rien faire, de ne rien dire. Mais qu'aurais-je pu dire ou faire? Ce n'est pas une fille de quinze ans comme moi qui pourrait changer les choses, au risque d'empirer la situation et de tourner les moqueries contre moi.

Je n'en reviens pas de ma lâcheté. Depuis quand suis-je devenue cette fille? Une fille qui fait passer ce que les gens peuvent penser de moi avant le bien-être des autres, surtout de mes amies. Car c'est bien ce que Mélanie est devenue pour moi, une amie!

Le cœur à l'envers pour la peine que ressent mon amie, je me lève et me dirige vers la table d'Alex, sans trop réfléchir aux gestes à suivre. Il rit encore de sa blague avec ses amis, ce qui augmente ma colère. Je prends la bouteille de ketchup à ses côtés et je la verse sur sa tête devant tout le monde. Pendant que je répands le ketchup sur la tête d'Alex, je n'arrive pas à croire à ce que je suis en train de faire, comme si la scène se passait au ralenti dans ma tête, mais la réalité m'a bien vite rattrapée.

Pendant un long moment de silence, je peux sentir autour de moi tous les élèves me regarder. Puis j'entends une personne rire au fond de la cafétéria, puis une autre et une autre, et en quelques secondes tout le monde s'est mis à rire de plus en plus, telle une vague dévastatrice qui nous inonde.

— Ne t'avise plus d'embêter mon amie, car tout ce que tu lui feras subir, tu le subiras toi aussi, dis-je d'un ton ferme.

Il se lève vraiment en colère et se place devant moi, très enragé, avec un coulis de ketchup de tomates sur la joue :

— Qu'est-ce que tu as dit ? crie-t-il, furieux.

— Tu as très bien compris, à moins que tu aies du ketchup dans les oreilles !

Alex lève les bras pour me pousser, mais à cet instant Mathieu se place devant moi pour me protéger.

— Ôte-toi de là, Mathieu, ça ne te regarde pas.

— Oh que oui, ça me concerne ; je dirais même que si tu touches encore une fois à Mélanie ou Florence, tu auras affaire à moi.

— Qu'est-ce qui te prend, Mathieu ? Tu veux défendre une bande de filles moches et sans intérêt !

— S'il y a une personne moche sans intérêt ici, c'est bien toi, ajoute Mathieu.

— Ah oui! Et dis-moi ce que tu vas me faire! Tu crois que j'ai peur de toi et de la petite Florence?

— Il y a moi aussi, ajoute Philippe en se plaçant à côté de son ami.

Alex devient de plus en plus rouge, puis en quelques secondes une dizaine de personnes se sont jointes à nous en le regardant pour lui faire savoir qu'elles sont toutes d'accord avec moi et Mathieu. Je vois les yeux d'Alex rougir, j'ai l'impression qu'il va pleurer quand soudain, tournant le dos, il part en poussant le monde devant lui et en laissant des traces de ketchup sur le plancher.

Tout le monde s'est mis à applaudir quand Alex est sorti de la cafétéria. Tout le monde, sauf Amélie bien sûr, mais je n'ai que faire d'Amélie, car à cet instant, j'ai compris l'importance de choisir ses amies, non pas en raison de leur popularité, mais pour leur personnalité.

14

Dès que j'arrive à la maison, j'essaye de joindre Mélanie à plusieurs reprises, mais il n'y a personne chez elle. Je ne l'ai pas revue depuis qu'elle a quitté la cafétéria en pleurant. Elle a sûrement demandé à ses parents de venir la chercher à l'école. Elle ne sait donc pas ce qui s'est passé après son départ. J'ai tellement hâte de lui raconter comment j'ai vidé la bouteille de ketchup sur la tête d'Alex. Et de lui relater comment son beau Mathieu l'a défendue devant tout le monde. Je suis à la table de la cuisine devant une petite collation santé, quand ma mère entre avec des sacs d'épicerie.

— Bonjour Florence.

— Allo maman, dis-je sans prendre le temps d'avaler ma bouchée de biscuit au chocolat.

— En passant, ne mange pas trop, car nous allons avoir de la visite ce soir pour souper.

— Ah oui! Et qui? réussis-je à dire entre deux bouchées.

— Imagine-toi donc que j'ai réussi à inviter nos voisins à souper.

Je me suis presque étouffée en entendant ça.

— T'as invité les voisins? Ceux d'à côté?

— Oui, ma chouette; la définition de *voisin* est normalement «la personne à côté de chez nous».

— Et ils ont dit oui?

Je saute de ma chaise tout étonnée, et me dépêche de monter dans ma chambre: si Antoine vient souper avec ses parents, je dois être parfaite. Je suis un peu effrayée, mais contente de pouvoir faire connaissance comme il faut avec les parents d'Antoine. S'ils m'aiment bien, nous n'aurons plus à nous cacher et ça ne les dérangera plus que j'aille chez eux.

Vers six heures, j'entends finalement la sonnette retentir dans la maison: c'est eux; je me dépêche de finir de me préparer et de descendre. J'entends déjà la voix du père d'Antoine qui salue mes parents. Lorsque j'arrive en bas, ma mère me présente:

— Voici ma fille Florence.

— Bonjour Florence, dit la mère d'Antoine, moi c'est Marie et voici Alain, et en passant je suis vraiment désolée pour l'autre jour, je crois que j'ai eu peur quand je t'ai vue dans la maison.

— C'est correct, madame, dis-je simplement, je comprends.

— Tu comprends? me demande-t-elle avec des points de suspension dans la voix.

— Alain, dit mon père, voudrais-tu un apéritif avant le souper?

— C'est pas de refus, répond Alain en suivant mon père au salon.

Ma mère finissait de ranger les manteaux.

— Voulez-vous venir avec moi à la cuisine? Ou vous préférez allez prendre un apéritif au salon avec les hommes? offre ma mère à Marie.

On peut entendre les deux hommes qui commencent à parler de la partie de hockey qui s'est déroulée la veille.

— Je crois que je préfère vous suivre à la cuisine si ça ne vous dérange pas, dit simplement Marie.

— Parfait. Venez avec moi, j'ai déjà commencé un petit merlot. Vous allez voir, il est délicieux.

Moi je reste dans l'entrée, mais où est Antoine? Peut-être qu'il va arriver un peu plus tard, alors je décide de m'asseoir au salon en attendant.

Je m'installe près de mon père qui a déjà commencé son analyse du match de hockey de la veille, tel un expert chroniqueur. Les adultes sont drôles parfois, ils font la psychanalyse de ce sport avec la conviction qu'ils auraient pu faire mieux! J'imagine mon père et Alain avec des patins aux pieds à jouer avec des professionnels. Cette idée me fait sourire, surtout que mon père a de la difficulté à attacher ses souliers à cause de son ventre garni!

Après des moments interminables à écouter mon père et Alain, ma mère arrive au salon, son verre de merlot à la main.

— Le souper est prêt, messieurs.

Et elle repart aussitôt en vacillant. Ça fait longtemps que je n'ai pas vu ma mère comme ça! Elle semble heureuse et a l'air de très bien s'entendre avec Marie; c'est une chance pour moi. Mon père et Alain se lèvent pour rejoindre les femmes dans la salle à manger.

— Mais attends, papa, il manque quelqu'un, dis-je.

— Qui? demande mon père. As-tu invité une amie?

— Non, mais c'est que…

Mon père et Alain me regardent en attendant ma réponse; je ne sais quoi dire, ils n'ont pas amené Antoine avec eux. Mais pourquoi?

«Non, laisse tomber!» me résigné-je tristement.

Nous commençons le repas. Ma mère a vraiment travaillé fort pour les épater; elle a passé des heures à cuisiner son rôti de bœuf avec des légumes du jardin et c'est vraiment délicieux.

— Je trinque à nos nouveaux voisins, dit ma mère en levant son verre de vin.

Tout le monde lève sa coupe. Je lève mon verre de jus sans trop d'enthousiasme, j'aurais tellement aimé qu'Antoine soit avec nous!

— Alors, commence ma mère, est-ce que vous aimez votre maison?

— Oui, beaucoup, en convient Marie. C'est tranquille, ça nous change de la ville.

— Et votre fils, est-ce qu'il aime ça lui aussi? demande ma mère. Parfois les enfants ont de la difficulté à s'adapter au changement.

— Quoi? demande Marie, avec un ton de voix alarmé.

— Florence m'a dit l'autre jour que vous aviez un fils: Antoine, je crois.

Le visage de Marie a blêmi, elle regarde ma mère la bouche entrouverte sans prononcer un mot, les lèvres tremblantes.

— Est-ce que ça va? demande ma mère qui s'aperçoit de la détresse de Marie.

Alain met sa main sur l'épaule de sa femme pour la calmer, elle tourne son regard vers son mari et reprend ses esprits tranquillement.

— Ça va aller, Marie, dit-il comme si une telle réaction était normale. Oui, nous avons bel et bien un fils, reprend-il plus calmement, mais en fait il n'habite pas avec nous. Il n'a même jamais mis les pieds dans notre nouvelle maison, et Marie trouve ça très difficile d'être séparée de son fils; alors elle est très sensible quand on parle de lui.

— Je suis désolée, s'excuse ma mère.

Alain continue:

— Il habite chez un de mes frères à Saint-Jérôme et il fréquente un collège privé; donc, nous ne le voyons malheureusement pas souvent.

— Alors vous dites qu'il n'est jamais venu ici? osé-je demander.

— C'est exact, répond Alain, il n'est jamais venu ici. Comme je l'ai dit, il habite chez mon frère et nous allons le voir là-bas.

Le ton d'Alain a maintenant changé, on sent l'impatience dans sa voix, comme s'il voulait changer de sujet.

Ma mère, qui a sûrement remarqué le changement d'ambiance, adopte un ton empathique.

— Je comprends que ça ne doit pas être facile d'être éloignée de son enfant et ce n'est sûrement pas un choix facile, mais je suis sûre que de bonnes raisons vous ont motivés.

Alain se tourne vers moi:

— Je ne sais pas comment tu as pu savoir que nous avions un garçon, mais tu sais que ce n'est pas gentil d'espionner les voisins, hein?

— Je ne vous espionne pas, qu'est-ce que vous racontez!

Tout le monde me regarde maintenant comme si je m'étais mal comportée.

— Mais ils disent des mensonges! Pourquoi? Pourquoi dites-vous qu'Antoine n'est pas là? crié-je en regardant Marie et Alain. Vous mentez. Je ne veux pas mettre Antoine dans le trouble, mais je lui ai parlé à plusieurs reprises depuis que vous habitez dans notre rue.

— Florence, arrête ça tout de suite, me supplie ma mère, ce n'est pas le moment.

— Mais maman, tu ne trouves pas ça bizarre qu'ils disent que leur fils n'habite pas avec eux, quand moi je lui ai parlé très souvent? Pourquoi le cachez-vous? Pourquoi? Vous n'aimez pas votre fils, c'est ça?

— FLORENCE! crie ma mère, arrête ça TOUT DE SUITE!

— Quoi! Pourquoi? Ce n'est pas juste, je n'ai rien fait de mal.

Je me tourne vers les parents d'Antoine:

— Antoine m'a dit comment vous agissez avec lui ces derniers temps. Vous l'ignorez tout le temps et vous, Marie, vous pleurez sans arrêt. Ce n'est pas normal, il croit avoir fait quelque chose de mal, il croit que vous ne l'aimez pas.

— Florence, je crois que tu ferais mieux d'aller dans ta chambre, suggère ma mère en essayant de reprendre le contrôle de la situation.

— Florence, écoute ta mère! ordonne mon père d'un ton sévère.

Marie ne dit pas un mot, elle prend une gorgée de vin et je vois une larme couler sur sa joue. Elle l'essuie tout de suite avec sa serviette de table.

Puis son regard se pose sur moi. Elle reste de glace. J'ai l'impression qu'elle vient d'avoir une hallucination.

— Comment as-tu pu? commence-t-elle à dire avec des tremblements dans la voix.

— Marie, calme-toi, lui conseille son mari.

Mais elle est hors d'elle, elle agrippe ma main et la tire vers elle.

— Comment as-tu eu ça? renchérit-elle en montrant le bracelet que j'ai autour du poignet. Tu es une petite voleuse, c'est ça? Tu nous espionnes et tu nous voles.

— NON! C'est Antoine qui me l'a donné, que je réplique en la regardant droit dans les yeux.

En une fraction de seconde, je sens une brûlure chauffer ma joue. Je ne saisis pas tout de suite ce qui vient de se passer. Tout le monde me regarde, sans trop savoir comment réagir; je mets ma main sur ma joue et je comprends alors que Marie vient de me gifler!

J'ai de la difficulté à voir clairement tant il y a des larmes retenues dans mes yeux. J'ai l'impression que le temps s'est arrêté et qu'un nuage noir nous entoure. Marie continue à me toiser de son regard noir. Si elle avait pu lancer des couteaux avec ses yeux, je suis sûre qu'elle n'aurait pas hésité à le faire. Cette femme est tellement imprévisible. Pourtant elle avait l'air si gentille à leur arrivée, et maintenant on dirait qu'elle veut me tuer!

Ma mère me saisit par les épaules pour me retourner vers elle, et elle me dit calmement:

— Va dans ta chambre, s'il te plaît. Je crois qu'il vaut mieux qu'on discute entre adultes, je vais monter te voir dans quelques minutes.

Je monte dans ma chambre sans discuter. À vrai dire, je suis trop troublée pour m'y opposer et ne sais plus quoi penser de ce qui vient de se produire.

Je m'écrase sur mon lit en sanglots. Comment a-t-elle osé me gifler de la sorte, surtout devant tout le monde? Mais qu'est-ce qui lui a bien pris, à cette femme?

À cet instant je comprends, mais oui tout est clair et évident! Ils le tiennent prisonnier dans leur maison, ça doit être pour ça qu'ils ne veulent pas qu'on sache qu'Antoine habite avec eux. Cette idée me donne la chair de poule, j'ai tout à coup peur pour Antoine. Je suis encore sous le choc quand j'entends la porte de ma chambre s'ouvrir. C'est ma mère. Elle entre et s'assoit sur mon lit, le regard sombre. J'espère qu'elle lui a dit, à cette folle, qu'elle ne peut pas toucher à sa fille adorée.

— Est-ce que ça va, Florence?

Je ne réponds pas à cette question, je me contente de garder ma main sur ma joue encore rouge et endolorie.

— Il faut qu'on se parle de l'incident du souper, mais… (*elle fait une pause avant de continuer*) j'ai quelque chose à te dire avant.

— Quoi?

— Je viens de recevoir un appel de la mère de Mélanie, elle a dit qu'elle est à l'hôpital.

Je regarde ma mère en me demandant pourquoi elle me dit ça. Une femme vient de frapper sa fille devant elle et elle trouve que c'est plus important de parler de Mélanie qui est à l'hôpital! Je n'en reviens pas.

— Sa mère m'a dit qu'elle a eu un accident, continue-t-elle.

— Un accident!

Je me lève d'un coup comme si une décharge électrique avait traversé mon corps.

— Quelle sorte d'accident?

— Je ne sais trop, sa mère est restée vague sur le sujet, mais elle ne va pas bien, il paraît qu'elle est aux soins intensifs: ça a l'air très grave.

Je déboule déjà les escaliers.

— Vite, il faut aller la voir! dis-je en pleine panique.

Le chemin qui mène à l'hôpital est interminable, j'ai l'impression que j'irais plus vite en courant. Pendant que nous roulons, je regarde le ciel étoilé qui défile devant moi en priant Celui qu'on nomme le Créateur: «Faites qu'elle s'en sorte, s'il vous plaît mon Dieu, ne m'enlevez pas mon amie, pas Mélanie.»

À notre arrivée à l'urgence, l'infirmière nous invite à nous installer dans la salle d'attente. Nous ne pouvons pas entrer aux soins intensifs, car on y admet un maximum de deux invités par patient et ses parents sont avec elle. Mais l'infirmière me dit gentiment qu'elle ira aviser les parents de notre arrivée.

La salle d'attente est vide, ce qui est assez rare dans un hôpital, mais j'avoue que j'aime mieux ça. Je n'aime pas trop me retrouver entourée de malades. Ma mère me laisse un instant pour aller se chercher un café. Maintenant toute seule, la tête posée entre mes mains, je fais mon mea-culpa; mes larmes coulent sur mes joues sans que je puisse les arrêter, j'espère que Mélanie s'en sortira. Je ne prie pas souvent, mais c'est certainement un bon moment pour le faire.

«Mon Dieu, c'est encore moi. Je ne Te demande pas souvent des faveurs, mais cette fois c'est vraiment pour une bonne raison. Fais que mon amie s'en sorte, je T'en supplie!»

— Est-ce que ça va?

Mélanie devant moi, vêtue d'une jaquette d'hôpital bleue, me regarde drôlement.

— Toi, Mélanie, ça va?

— Oui, et toi? insiste-t-elle en voyant mes larmes.

Soulagée de la voir, mes pleurs s'amenuisent et je lui réponds:

— Ça va beaucoup mieux! J'ai eu tellement peur. Ta mère nous a appelées et il paraît que tu as eu un accident et que tu étais entre la vie et la mort!

— Sérieusement? Je ne me le rappelle pas. Est-ce qu'on est à l'hôpital?

Je suis un peu interloquée par sa question:

— Oui, je suis venue pour te voir… mais s'ils t'ont laissée te lever, ça doit vouloir dire que tu vas bien.

119

— Je crois que oui, dit Mélanie en regardant sa jaquette d'hôpital d'un air interrogateur. En fait, je me sens bien!

— Te souviens-tu de ce qui s'est passé?

— Pas vraiment. Je crois que je me suis endormie.

— Tu t'es endormie? O. K., mais pour l'accident?

— Je ne sais pas.

Il commence à y avoir un peu de panique dans sa voix.

— Ce n'est pas grave, l'important c'est que tu ailles mieux, dis-je pour la calmer. En passant, je m'excuse pour ce qui s'est passé à l'école. J'ai essayé de t'appeler à mon retour à la maison, mais tu ne répondais pas.

— C'est correct, je ne t'en veux pas, ce n'est pas de ta faute.

— Mais attends, je ne t'ai pas encore raconté la suite des choses après ton départ de la cafétéria.

— Qu'est-ce qui est arrivé? s'enquiert-elle en s'asseyant près de moi.

— Eh bien! Mathieu et moi sommes allés voir Alex, et crois-moi il ne t'embêtera plus, ça c'est certain.

— Ah oui! Qu'est-ce que tu as fait?

— Disons qu'il a compris comment les frites se sentent quand on les recouvre de ketchup!

Nous nous sommes mises à rire.

— T'as vraiment fait ça? Il devait être fâché?

— Oh que oui! Mais Mathieu est venu à ma rescousse, suivi de Philippe, et en quelques secondes presque tout le monde à la cafét' s'est joint à nous. J'aurais aimé que tu sois là! Alex avait les larmes aux yeux. Je te le dis, il a presque pleuré devant tout le monde.

— Vraiment?

— Tout le monde a applaudi quand il est parti. Je te le dis, il ne t'embêtera plus, c'est fini!

— Et pour Amélie? me demande-t-elle. Je peux comprendre que tu veuilles te tenir avec elle.

— Amélie? Je m'en fous d'elle, elle ne mérite vraiment pas d'être notre amie et je te jure que je n'étais pas au courant de son téléphone et je ne suis pas contente de ce qu'elle t'a dit. Tu es mon amie, Mélanie, ma meilleure amie et je te préfère à toutes les Amélie du monde!

Mélanie me regarde en souriant, je vois de la lumière dans ses yeux.

Soudain les infirmières se mettent à courir vers les soins intensifs, comme s'il y avait une urgence. Mélanie se lève brusquement:

— Je dois retourner là-bas pour voir mes parents. Ne bouge pas, je suis certaine que nous pourrons sortir ce soir, je me sens vraiment bien.

— O. K.! je t'attends.

Quelques instants plus tard, ma mère arrive enfin, mais sans tasse de café à la main. Elle s'assoit à mes côtés, le visage blanc comme si elle n'avait pas dormi pendant une semaine.

— Est-ce que ça va, maman?

— J'ai rencontré la mère de Mélanie dans le couloir.

Ma mère semble faire beaucoup d'efforts pour ne pas se mettre à pleurer.

— Qu'est-ce qu'il y a, maman? Est-ce que sa mère va bien?

— En fait c'est Mélanie. (*Elle prend ma main avant de continuer.*) Sa mère m'a dit qu'elle a essayé de se suicider, m'annonce-t-elle doucement.

— Quoi! Ça ne se peut pas! Pas Mélanie!

— Elle l'a retrouvée dans sa chambre avec une bouteille de pilules qu'elle avait vidée; elle était déjà inconsciente quand elle l'a trouvée.

— Pauvre Mélanie. Une chance qu'on l'a trouvée à temps, elle aurait pu y rester!

Ma mère serre ma main plus fort.

— En fait, ils n'ont pas réussi à la sauver, Florence. Je suis vraiment désolée.

Je regarde ma mère sans pouvoir dire un seul mot. Comment peut-elle me mentir ainsi? Je viens de voir Mélanie.

— Mais maman, ça ne se peut pas. Pourquoi tu dis ça? Mélanie n'est pas morte.

À cet instant, j'entends quelqu'un m'appeler derrière moi.

— Florence! C'est la mère de Mélanie.

Elle me prend dans ses bras et se met à pleurer. Je ne sais quoi faire et surtout je n'y comprends plus rien.

— Je te remercie, Florence. Tu sais, tu as été sa seule véritable amie, elle t'aimait beaucoup!

Des larmes s'échappent de mes yeux. J'ai l'impression d'être dans un film dont je suis la seule à ne pas connaître l'histoire.

— Mais elle va bien ? demandé-je, hésitante.

Sa mère me regarde, avec ses yeux rouges :

— Je sais que c'est dur à comprendre, mais elle est morte ! réussit-elle à marmonner, éclatant en pleurs en s'écoutant le dire.

— Mais ça ne se peut pas !

Me reculant d'un coup, je regarde à tour de rôle ma mère et la mère de Mélanie, j'entends les mots sortir de ma bouche comme si c'était un rêve :

— Je viens de la voir ! Elle était là et nous avons parlé ensemble !

— Florence, me coupe ma mère, Mélanie est morte ça fait déjà plus de quarante minutes.

— Ils n'ont pas pu la sauver ! C'était trop tard ! ajoute la mère de Mélanie en pleurs.

Je ne me souviens pas trop de la suite des choses, c'est comme si tout allait au ralenti. Tout s'est embrouillé devant moi et je me suis effondrée sur le plancher.

15

Les oiseaux chantent à l'extérieur depuis plusieurs heures déjà. Nous sommes en fin d'après-midi et je n'ai pas bougé de mon lit de toute la journée. Je n'ai même pas la force d'ouvrir les rideaux de ma chambre. J'ai trop mal. Mélanie s'est suicidée hier et je me sens tellement coupable. Si au moins j'avais eu le courage d'affronter Alex plus tôt, si j'avais eu l'audace de choisir l'amitié de Mélanie au lieu de la notoriété d'Amélie. Mais ce qui me trouble le plus, c'est que je suis certaine de lui avoir parlé à l'hôpital : je n'ai pas rêvé, elle était bien là avec moi. C'est à n'y rien comprendre, mon cerveau est comme une gélatine molle et visqueuse oubliée dans le frigo trop longtemps.

Je repense au souper d'hier et mon cerveau se pétrifie. (J'exagère à peine !) C'est vraiment étrange que ma mère ne m'en ait pas reparlé. D'évidence, avec tout que je viens de vivre, elle n'a pas particulièrement envie de ressasser le malheureux épisode des voisins. De plus, elle ne me croira pas si je lui dis que j'ai bel et bien vu Mélanie à l'hôpital.

Malgré mon cerveau en compote, je réussis à me lever de mon lit pour regarder la fenêtre d'Antoine. J'aimerais tellement le voir, c'est la seule personne au monde que j'ai envie de voir en ce moment. J'espère que je ne lui ai pas causé de problèmes en parlant à sa mère au souper. Pauvre Antoine, qu'est-ce qu'ils font de lui? Peut-être que je devrais appeler la police, il est sans doute en danger.

Pendant que j'imagine une manière de libérer Antoine de l'emprise de ses parents, je vois son père et sa mère sortir de la maison, monter dans leur auto et partir, sans lui. Je me demande s'il est resté à la maison tout seul. Il faut que j'aille voir, il le faut. Je m'éclipse de ma chambre en cachette. Devant la maison, je m'arrête un instant pour reprendre mon souffle, j'ai le cœur qui bat à toute allure.

«O. K. Florence, calme-toi!»

Après quelques minutes d'hésitation, je cogne finalement à la porte. Il n'y a pas un bruit dans la maison, pas de lumière. Je suis pourtant certaine qu'Antoine s'y trouve. Mon intuition féminine, comme dirait ma mère. Je me décide à cogner plus fort et soudain la porte s'ouvre lentement.

«Antoine!» crié-je doucement. Personne ne répond. Après un long moment, je décide d'entrer. «Antoine! Es-tu là?»

Mais il n'y a pas de bruit. Je m'apprête à aller à l'étage quand j'entends pleurer. Je m'arrête. Je vais vers la cuisine:

— Antoine, est-ce que c'est toi?

Il ne répond pas, mais je l'entends très bien, je suis certaine que c'est lui qui pleure. Je cours partout dans la maison et soudain je m'arrête, le son provient du sous-sol. Pourquoi le sous-sol? Je déteste ça: dans les films, c'est presque toujours là que la fille se retrouve nez à nez avec des fantômes, des zombies ou des maniaques.

«Bon, Florence! Arrête! Tu écoutes beaucoup trop de films d'horreur, c'est juste ton ami Antoine qui est en bas.»

Je tourne la poignée doucement et ouvre la porte, ce qui engendre un grincement qui me donne des frissons. J'essaie de me rassurer et je prends la peine d'ouvrir la lumière avant de descendre.

«Antoine?»

J'entends encore sangloter, c'est lui j'en suis certaine. Je dévale les escaliers, car à l'idée de le retrouver, ma peur s'est envolée.

En arrivant en bas, je le vois accroupi dans le coin au milieu d'une montagne de boîtes. Je me dépêche de le retrouver.

— Antoine, mais qu'est-ce qu'ils t'ont fait?

127

Il garde sa tête entre les jambes, il ne pleure plus, mais il marmonne et j'ai de la difficulté à comprendre.

— Quoi, qu'est-ce que tu dis?

Il lève la tête vers moi et, me regardant droit dans les yeux, il s'exprime:

— Je suis désolé, je suis tellement désolé, je ne voulais pas que ça finisse comme ça, je suis désolé…

Et il répète cette phrase encore et encore avec des trémolos dans la voix. L'air du sous-sol est froid et humide, il fait sombre malgré la lumière tamisée, au plafond, qui éclaire à peine.

— Mais de quoi parles-tu, Antoine? Qu'est-ce qui s'est passé? Explique-moi, s'il te plaît!

Antoine regarde une boîte ouverte à côté de lui en la pointant du doigt. Je l'ouvre tranquillement. J'ai des sueurs froides, je ne sais pas pourquoi j'ai si peur de l'ouvrir. Je me penche au-dessus pour voir à l'intérieur. J'y découvre un livre bleu qui ressemble à un album photos.

— Mais qu'est-ce que c'est, Antoine?

Il me regarde et je peux voir dans ses yeux l'immense détresse qui l'habite; il s'agrippe à moi, comme si ses heures étaient comptées.

— Je suis désolé, j'aimerais tellement revenir en arrière. Dis-leur que je suis désolé, dis-leur que je ne voulais pas leur faire de mal.

— Mais de quoi parles-tu, Antoine? Qu'est-ce qu'ils t'ont fait, Antoine?

Je suis de plus en plus effrayée. Je déteste ses parents, c'est évident qu'ils lui ont fait du mal; je dois aller chercher de l'aide, je dois le sauver.

— Ne bouge pas, Antoine, je reviens tout de suite, dis-je doucement en essayant de le rassurer.

Avant d'avoir le temps de me retourner, je sens la chaleur d'une main sur mon épaule. Mon sang se glace tout d'un coup, paralysant tout mon corps. J'ouvre la bouche pour crier, mais rien ne sort.

Je réussis à me retourner lentement et, devant moi, la silhouette d'un homme.

— Mais qu'est-ce que tu fais là? me demande-t-il d'un air outré.

16

Ça fait dix bonnes minutes que ma mère me regarde comme si j'étais devenue folle, elle ne me comprend pas; mais surtout elle ne me croit pas, moi, sa seule et unique fille.

— Mais peux-tu me dire ce que tu faisais dans le sous-sol de nos voisins? me demande-t-elle pour une énième fois en tournant en rond devant moi dans le salon. Et arrête de me parler d'Antoine! J'ai parlé avec ses parents et Antoine n'habite pas là. Alors soit que tu essayes de faire une blague vraiment pas drôle, soit que tu me caches quelque chose, ou bien...

— Ou bien? Ou bien je suis folle, c'est ça? m'entends-je crier de toutes mes forces.

Je suis tellement fâchée contre ma mère parce qu'elle ne veut pas me croire. Je me rappelle encore l'expression de son visage quand le père d'Antoine m'a ramenée chez moi en lui expliquant qu'il m'avait trouvée en train de fouiller dans leur sous-sol. Je lui ai fait honte, je suis devenue l'humiliation de la famille.

— Mais, maman, il faut que tu me croies, Antoine est en danger, ils vont lui faire du mal si on ne fait rien.

À cet instant, la sonnette de la porte retentit, ce qui me réduit au silence. Avant d'aller ouvrir la porte, ma mère me lance un regard qui veut dire : *J'en ai pas fini avec toi !* Je sens la colère monter en moi en voyant la mère d'Antoine entrer dans le salon, suivie de son mari. Elle tient un album dans ses mains.

— Est-ce qu'on peut vous parler ? demande Marie.

— Oui certainement.

Ma mère les invite à s'asseoir.

— Écoutez, je suis vraiment désolée, je ne sais pas ce qui arrive à ma fille, à vrai dire je ne la reconnais plus ces temps-ci.

Marie l'interrompt :

— Je ne connais pas beaucoup votre fille, mais une chose est certaine, Antoine l'aurait adorée.

Un moment de silence suit son commentaire. Alain pose sa main sur l'épaule de Marie, pour lui donner du courage. Elle s'avance vers moi.

— Florence, je suis vraiment désolée de t'avoir giflée au souper, je me sens dépassée par les évènements et j'ai du mal à me contrôler. Maintenant, je crois que tu as droit à des explications.

Elle s'assoit à côté de moi et elle me tend l'album. Je le prends sans comprendre ce qu'elle veut que j'en fasse.

«Avant de l'ouvrir s'il te plaît, ne nous juge pas trop vite», ajoute-t-elle.

L'album sur mes genoux, j'ai peur de l'ouvrir, je n'arrive même plus à dire un mot. Dans ma tête, je crie le nom d'Antoine, mais il n'est pas là. Je ne sais pas pourquoi je suis terrorisée. Je décide de prendre mon courage à deux mains et je l'ouvre…

Ma mère s'installe à mes côtés et elle pose sa main sur sa bouche, comme d'habitude lorsqu'elle se sent bouleversée et qu'elle veut retenir les cris qui pourraient sortir.

À la première page, on peut voir un article de journal découpé avec la photo d'un jeune garçon. C'est Antoine, je le reconnais tout de suite. Mon cœur s'emballe et commence à battre de plus en plus vite, j'ai tellement chaud tout à coup. En haut de la photo, apparaît ce titre : **Un jeune de 15 ans meurt dans l'auto volée à ses parents**.

Le monde autour de moi bascule, j'ai soudain l'impression de tomber dans le vide. Je n'entends plus un bruit, le silence qui m'entoure m'étouffe. J'ai l'impression d'être seule au monde, tout ce que je vois c'est cet article qui parle de mon Antoine, annonçant sa mort dans un accident ; difficile à croire. Ça ne se peut pas : comment Antoine a-t-il pu faire ça? Je viens de le voir et il était bien vivant. Du moins c'est ce que je pense…

Je lève les yeux vers ses parents :

— Mais quand est-ce arrivé? réussis-je à demander entre deux souffles.

— Il y a trois mois seulement, répond Marie.

Je continue à regarder le livre en tournant les pages machinalement. J'y vois des photos de lui, des articles de journaux qui parlent de son accident.

— Il m'a dit qu'il avait eu un accident de voiture.

Alain explique :

— On venait de lui apprendre que nous allions déménager et il était très fâché : avec mon travail, je dois déménager souvent et Antoine ne voulait plus. Il aimait son école, il avait des amis, il était président de sa classe, il venait d'être élu capitaine de son équipe de soccer.

De la culpabilité se dégage de ses yeux.

— Mais c'est impossible! Je lui ai parlé souvent et j'ai vu ses choses dans la maison, il a sa chambre à lui.

Ma mère me lance un regard interrogateur. Comment pourrais-je savoir qu'il a une chambre?

Mais Marie ne s'attarde pas à ce détail, elle me répond :

— Je sais que ça peut sembler étrange, mais nous étions incapables de nous débarrasser des choses d'Antoine. Nous avons aménagé sa chambre de la même façon que là-bas, nous avions besoin de voir ses affaires. Ça nous donnait l'impression qu'il était encore avec nous, tu comprends? Ainsi nous pouvions continuer notre vie et faire comme si ce n'était jamais arrivé.

— C'est pour ça, les photos sur les murs? demandé-je.

Marie fait signe que oui en baissant la tête.

— Quelles photos? questionne ma mère.

— Florence, continue Marie, même si tout ça me paraît invraisemblable, je te crois.

Ma mère allait parler, mais elle se désiste, ne saisissant rien de cette histoire.

— Depuis l'accident, j'ai souvent le sentiment qu'il est là…

Puis elle se met à pleurer doucement.

Sans mots, je feuillette l'album. Je vois des larmes couler sur les pages, mes larmes. *Pourquoi as-tu fait ça, Antoine?…* J'ai envie de crier, de hurler de colère.

Alain s'agenouille devant moi.

— Florence, j'ai une question à te poser: quand je t'ai trouvée en bas, je t'ai entendue parler avec quelqu'un; tu parlais avec Antoine?

— Oui…

— Est-ce qu'il avait un message pour nous? l'implore-t-il.

Je repense à cet instant qui paraît vraiment inimaginable.

— Oui, je me souviens très bien. Il m'a dit: «dis-leur que je m'excuse, que je ne voulais pas leur faire de mal»; il regrette ce qui s'est passé. C'est ce qu'il m'a dit, raconté-je en laissant couler mes larmes.

Marie pleure de plus belle.

— Je savais qu'il était là! admet-elle entre deux sanglots.

Puis elle s'explique:

— Depuis que nous avons déménagé, j'ai souvent le sentiment qu'Antoine est dans la maison, à côté de moi. Parfois je crois entendre sa voix qui m'appelle, je sens son regard qui me regarde. Je croyais que je devenais folle, mais au fond je savais qu'il était là, je le savais.

Marie s'agenouille devant moi à côté de son mari et me demande:

— Est-ce qu'il est ici? Est-ce qu'il est dans le salon avec nous?

— Non, je ne le vois pas. Tout à l'heure au sous-sol, il avait l'air si triste. Je crois qu'Antoine vient de conscientiser ce qu'il a fait.

— Qu'est-ce que tu veux dire? demande Marie.

— Il ne se souvenait pas des détails de l'accident, il me disait qu'il ne comprenait pas pourquoi vous ne lui répondiez pas quand il vous parlait, il croyait que vous l'ignoriez.

Je me suis mise à pleurer.

«Il croyait qu'il avait fait quelque chose de mal et que vous lui en vouliez.»

J'éclate en sanglots dans les bras de Marie.

«Je suis désolée pour tout ce que j'ai dit. Si j'avais su, jamais je n'aurais dit ça. Il vous aimait et il vous aime encore vraiment beaucoup.»

Je regarde mon bracelet, celui qu'il m'a donné, je l'enlève et le donne à Marie.

— Je crois qu'il vaut mieux que vous le gardiez.

Marie le tient dans ses mains, tel un précieux trésor :

— C'est moi qui le lui avais acheté pendant un voyage au Mexique qu'on a fait il y a plusieurs années. C'était son bracelet préféré.

Puis elle me le tend :

— S'il te l'a donné, c'est que tu es spéciale pour lui.

Je me suis effondrée dans les bras de ma mère. Avec le bracelet dans mes mains, maintenu contre mon cœur.

17

Je cours seule dehors, sans trop savoir où je vais. Tout est si embrouillé dans ma tête, je n'arrive pas à concevoir ce qui ce passe. Mélanie est morte, et maintenant Antoine, mais pourquoi? Et pourquoi moi je les vois encore? C'est impossible, est-ce que je deviens folle?

Toutes ces questions tournent et tournent dans ma tête encore et encore sans que je puisse y répondre. J'ai réussi à sortir de la maison sans que personne ne me voie, mes parents étaient encore dans le salon en train de parler et ils me croyaient endormie. Mais je suis incapable de rester dans mon lit, j'ai juste envie de courir ou peut-être de m'enfuir. Je m'arrête un peu pour reprendre mon souffle, je n'ai pas autant d'endurance que je le pensais. Pendant que j'essaie de retrouver une respiration plus normale, je sens une présence derrière moi, je me retourne aussitôt pour y découvrir Antoine.

— Qu'est-ce que tu fais là ? Tu n'es même pas censé être là ! Ils disent que tu es mort !

Je criais à tue-tête sans pouvoir m'arrêter.

— Écoute, Florence, je suis tellement désolé ; laisse-moi t'expliquer. Je me souviens de tout maintenant.

Antoine semble vraiment désemparé.

« Je ne suis pas fier de moi. J'étais tellement en colère que mes parents aient décidé de déménager sans même me demander mon avis, je voulais leur faire comprendre que j'avais mon mot à dire moi aussi, ils ne pouvaient pas décider de ma vie comme ça ! »

Il s'arrête de parler, comme s'il voyait les images dans sa tête, et poursuit la trame de son récit :

« J'ai pris la voiture de mon père et je suis parti à pleine vitesse, j'étais tellement en colère ! Je me souviens d'avoir perdu la maîtrise du véhicule, puis tout est devenu confus, tel un trou noir sans fin. Je n'arrivais plus à me souvenir de rien. Ensuite tu es arrivée… »

Il me regarde dans les yeux.

« Je te jure que si j'avais su que j'allais te rencontrer, je n'aurais jamais agi de cette façon. »

Il semble vraiment sincère, mais je suis si furieuse contre lui, si furieuse qu'il soit mort. Mais surtout furieuse face à la vie injuste qui m'a enlevé une meilleure amie pour la deuxième fois en quelques mois, et qui me fait connaître mon premier amour après sa mort !

— Écoute, Antoine, j'ai besoin d'être seule, j'ai besoin de réfléchir à tout ça.

Je me suis remise à courir à toute vitesse jusqu'à la petite forêt au bout de la rue. Je me suis aventurée entre les arbres sans aucune peur. Il commence à faire noir dehors, mais j'ai tellement d'adrénaline dans les veines que rien ne m'effraie. Une branche m'égratigne le visage sans pour autant ralentir ma course au milieu du petit sentier envahi par les arbustes. J'entends la voix d'Antoine dans ma tête qui me demande d'arrêter de courir, il dit qu'il m'aime, qu'il veut me parler. Mais je ne peux pas arrêter, je m'enfonce dans la forêt sans but. Après un long moment, je m'arrête en regardant autour de moi, je me rends compte que je ne suis plus dans le sentier et j'ignore par où passer pour retourner chez moi. Mais il n'est pas question d'arrêter même si je dois me perdre. Je continue à courir à vive allure en me faisant égratigner de plus en plus par les branches, j'ai des éraflures partout sur les bras et les jambes.

Brusquement, je sens mon corps tomber dans le vide ; sous l'effet de la gravité, je déboule à pleine vitesse une pente recouverte de roches. Je peux sentir les pierres qui frappent mon corps à chaque fois qu'il rencontre le sol. Je n'ai plus aucun contrôle sur moi, je n'ai d'autre choix que de me laisser débouler la côte interminable. Je n'ai pas mal, probablement à cause de l'adrénaline qui coule toujours dans mes veines. À mon arrivée en bas, ma tête percute un roc de plein fouet. Et tout devient noir...

18

J'ouvre les yeux en mettant ma main sur la tête, mais je n'ai pas mal, ce qui est vraiment surprenant. Je regarde autour de moi, un champ rempli de fleurs m'entoure. Mais où est la pente? Où est la forêt? Où suis-je?

— Antoine, es-tu là? Maman? Papa? Il y a quelqu'un?

Je ne reconnais pas du tout l'endroit où je suis, devant moi je vois une silhouette qui s'approche doucement. Je ne peux pas voir son visage, mais je peux deviner que c'est une femme. Quand elle arrive près de moi, je la reconnais tout de suite:

— Grand-maman!

— Oui c'est bien moi, ma belle Florence.

Elle me sourit de son beau visage clair, elle a l'air si jeune. Je lui saute dans les bras:

— Mais comment est-ce possible? Tu es...

— ... morte! Oui c'est bien vrai, dans ton monde je suis morte, mais là tu es dans mon monde et ici je suis bien vivante.

— Mais où sommes-nous? Et pourquoi nous sommes ici?

— Premièrement, je veux te dire que j'ai rencontré Antoine, c'est lui qui est venu me chercher. Il m'a dit que tu avais besoin d'aide.

— Tu connais Antoine?

— Oui, et c'est un très gentil garçon, précise-t-elle avec un petit sourire en coin.

Puis derrière ma grand-mère se dessine une silhouette qui s'approche de moi rapidement. C'est lui. Je lui saute dans les bras dès qu'il arrive sans ressentir aucune gêne. C'est étrange mais mon corps fait exactement ce que je pense instantanément, sans aucune hésitation.

— Les enfants, vous êtes bien chanceux que j'aie des relations en haut, dit ma grand-mère en indiquant le ciel au-dessus d'elle. Je sais que la vie peut paraître difficile et compliquée, mais il y a une chose qu'il ne faut pas oublier: il ne faut pas avoir peur du changement. Car chaque fois qu'un changement se produit dans la vie, ça signifie qu'on doit ouvrir une nouvelle porte et on ne sait jamais quelle surprise il peut y avoir en arrière. Bien souvent ce changement est primordial pour votre cheminement et pour suivre votre destin.

Antoine et moi l'écoutons en comprenant très bien ce qu'elle veut dire. Nous avions tous les deux eu peur du changement et maintenant nous devons vivre avec des conséquences irréparables.

— Mais heureusement pour vous, nous réconforte ma grand-mère comme si elle avait lu dans nos pensées, je Lui ai parlé et Il a accepté de vous donner une deuxième chance. Car vous êtes très importants à ses yeux.

— Mais qu'est-ce que ça veut dire?

— Tout ce que je peux vous dire, c'est: n'oubliez pas que la vie vous mènera toujours à votre destin et que tous les deux vous faites partie du destin de l'autre.

Je saisis la main d'Antoine. Je ne sais trop ce qu'il arrivera par la suite, mais je n'ai plus peur. Antoine se tourne vers moi et approche son visage du mien pour m'embrasser. Je ferme les yeux.

19

Bip, bip, bip, bip…
D'un coup sec, je fais taire mon réveille-matin, mais que se passe-t-il et où suis-je? Je regarde autour de moi, je suis dans ma chambre! Je prends un moment avant de pouvoir me lever, j'ai l'impression que j'ai couru le marathon tellement j'ai mal partout.

— FLORENCE, ES-TU DEBOUT?

— Oui, oui, je me lève.

Je me regarde dans le miroir et j'essaie de comprendre, mais où est Antoine? Et comment suis-je arrivée dans ma chambre?

— Florence, tu vas être en retard pour ton premier jour!

— Oui c'est bon! crié-je de toutes mes forces.

Quoi! Je me regarde à nouveau dans le miroir. Mon premier jour! Je descends l'escalier à toute vitesse.

— Mon premier jour de quoi ? lui demandé-je.

Elle me regarde bizarrement en se demandant si je blague.

— Mais ton premier jour d'école ! Qu'est-ce que tu veux que ce soit d'autre ?

Je remonte dans ma chambre en survolant les marches, sans prendre la peine de lui répondre. Je regarde par la fenêtre de ma chambre et je vois la maison à côté, vide avec l'enseigne À VENDRE sur le terrain !

Mais qu'est-ce que ça veut dire ?

La phrase de ma grand-mère me revient à l'esprit : « Il a accepté de vous donner une deuxième chance. »

Une joie immense envahit mon corps, je joins mes mains devant moi en prière et ferme les yeux.

« Merci mon Dieu, merci !! S'il vous plaît, faites qu'Antoine soit bel et bien vivant cette fois-ci. »

— Allo ! dis-je à mes parents assis à la table pour prendre leur petit déjeuner.

— Salut Florence, es-tu prête pour ton premier jour d'école ? dit ma mère en riant.

— Oh que oui ! lancé-je en commençant à déjeuner comme si j'étais dans une compétition pour savoir qui allait terminer en premier.

— Prends quand même le temps de mastiquer, recommande ma mère en me voyant dévorer mon bagel.

— Je ne veux pas manquer mon autobus, j'ai hâte de voir si Mélanie est bien en vie, réussis-je à articuler avec ma bouchée de bagel encore dans la bouche.

Mon père me regarde d'un drôle d'air :

— Qui est Mélanie et pourquoi ne serait-elle pas en vie ?

— C'est une longue histoire, dis-je en me levant de table, bonne journée !

Je sors de la maison en courant vers mon arrêt d'autobus. Je n'ai jamais eu aussi hâte d'entrer dans un autobus scolaire de toute ma vie. Pendant que j'attends, je regarde l'enseigne «à vendre» à l'avant de la maison voisine : ça veut dire qu'il devrait être là vendredi, pensé-je pendant que l'autobus tourne le coin de ma rue.

En entrant dans l'autobus, je cherche Mélanie du regard : bingo ! Elle est bien là en chair et en os à la même place que d'habitude. Il ne me faut pas plus que deux secondes pour m'asseoir à côté de celle qui deviendra ma meilleure amie.

— Salut Mélanie, dis-je en souriant.

Elle se tourne vers moi en me souriant gentiment. Je lui parle tout le long du trajet. Parfois je vois bien qu'elle me regarde bizarrement, sans trop comprendre.

Peu importe, elle ne peut pas savoir tout ce que j'ai vécu en rêve (du moins je le pense) et j'en suis bien heureuse. Je me promets intérieurement de ne laisser personne embêter mon amie, même pas Alex ou la snob d'Amélie. J'entends parfois Alex qui parle en nous regardant, mais je suis tellement contente d'être avec ma nouvelle amie, que je ne fais même pas attention à lui. De toute façon, j'ai encore dans ma tête l'image de sa face dégoulinante de ketchup, ce qui le rend beaucoup moins menaçant.

Vendredi soir enfin, je suis devant ma fenêtre à attendre qu'un camion de déménagement arrive. Il est déjà dix heures et ils ne sont pas encore là. Je commence à avoir peur qu'ils ne viennent pas. Soudain, j'aperçois les lumières d'un camion qui, enfin, s'arrête devant la maison. Mon cœur bat de plus en plus vite. C'est lui, c'est lui! J'en ai la certitude. Je sors dehors et me dirige comme un éclair vers les déménageurs où un des hommes est en train de prendre une boîte.

— Bonsoir monsieur, je me présente: Florence, votre nouvelle voisine; je voulais vous souhaiter la bienvenue dans le quartier, dis-je tout essoufflée.

Il me regarde en me souriant à travers sa moustache, puis il dépose la boîte qu'il tenait entre ses mains pour me tendre la main.

— Moi c'est Alain. Enchanté et merci de ton bel accueil.

— Est-ce que je peux vous aider à déménager? demandé-je en regardant autour de moi pour essayer de trouver Antoine.

— Oh! ce n'est pas de refus! On n'a jamais assez de bras pour déménager, répond-il. Marie, dit-il en voyant sa femme arriver, je te présente Florence, elle est venue nous aider.

— Bonsoir Florence, dit Marie.

Elle est exactement comme dans mon rêve, mais avec un air différent.

— L'accueil est vraiment bien ici! ajoute-t-elle en me souriant.

C'est ça qu'il y a de différent, pensé-je: *son sourire!*

— Tiens! dit Alain, tu peux porter cette boîte à l'étage, ça va dans la chambre de notre fils Antoine. Il doit sûrement être déjà en haut.

Je la saisis avec un soulagement immense. Il a bien dit qu'Antoine est en haut, donc il est bel et bien vivant, mais peut-être qu'il ne se souvient pas de moi et de notre première rencontre, pensé-je pendant que je monte les escaliers. En arrivant enfin devant la chambre, je le vois devant sa fenêtre regardant au-dehors.

Je prends un moment pour le contempler sans faire de bruit; j'ai tellement peur qu'il ne se souvienne pas de moi, ou pire encore, qu'il soit déçu en me voyant.

— Antoine, dit la voix de son père derrière moi, nous avons de l'aide pour déménager. Est-ce que tu pourrais lui dire où elle peut déposer ta boîte?

Puis il redescend. Alors Antoine se tourne vers moi et ses yeux se mettent à briller quand il me voit, il se dépêche de décharger mes bras. Je tenais la boîte si fermement que j'ai eu de la difficulté à la lâcher. Il l'a déposée à terre et s'est approché de moi.

J'ai envie d'éclater de rire tellement je suis heureuse de le voir, il est encore plus beau que dans mes souvenirs.

— Florence, dit-il enfin.

Je souris en entendant mon prénom.

— Tu te souviens de moi?

— J'avais tellement peur que tu ne sois qu'un rêve, avoue-t-il.

— Moi aussi, ajouté-je.

— Quand je me suis réveillé, commence Antoine, c'était le jour où mon père allait m'annoncer qu'on déménageait. Quand je l'ai entendu m'annoncer la nouvelle, j'avais la certitude que tu n'étais pas qu'un rêve. Et je dois t'avouer que j'ai trouvé ces trois mois d'attente infernaux! ajoute-t-il avec un sourire. J'avais tellement hâte de te revoir.

— Moi aussi!

Je sens mes joues devenir toutes chaudes, elles doivent sûrement être rouge écarlate.

— Alors, est-ce que vous allez passer la soirée là? demande son père en passant devant la chambre d'Antoine. Les boîtes ne montent pas toutes seules, vous savez!

— On arrive! dit Antoine.

Il avance pour sortir en premier, mais avant de quitter la chambre il se tourne vers moi, touche mon visage de ses mains chaudes et, dans une étreinte passionnée, il me donne notre premier baiser…

J'adore mon destin!

FIN

(Ou commencement, comme dirait ma grand-mère ☺)

TABLE DES MATIÈRES

DANS LA MÊME COLLECTION

— 1. *Un amour de chat,* Michel Lavoie, 12 ans et plus, ISBN 978-2-921463-49-2

— 2. *La Porte des Ténèbres (Le cycle de l'Innommable,* tome 1), Skip Moën, 12 ans et plus, ISBN 978-2-921463-54-6

— 3. *Mystères et chocolats,* Anne-Marie Fournier, 9 ans et plus, ISBN 978-2-921463-53-9

— 4. *L'Invasion des Ténèbres (Le cycle de l'Innommable,* tome 2), Skip Moën, 12 ans et plus, ISBN 978-2-921463-58-4

— 5. *La main dans le sac,* Anne-Marie Fournier, 9 ans et plus, ISBN 978-2-921463-63-8

— 6. *Une aventure au pays des Ouendats,* Micheline Marchand, 12 ans et plus, ISBN 978-2-921463-77-5

— 7. *Une rentrée en clé de sol,* Anne-Marie Fournier, 9 ans et plus, ISBN 978-2-921463-76-8

— 8. *Le chant des loups (Sébastien de French Hill,* tome 1), Françoise Lepage, 9 ans et plus, ISBN 978-2-921463-78-2

159

— 40. *Magalie sur la piste du taxeur*, Carole Dion, 10 ans et plus, ISBN 978-2-89699-386-4

— 41. *L'arc-en-ciel des elfes voyelles*, Cécile Beaulieu Brousseau, 4 à 6 ans, ISBN 978-2-89699-395-6

— 42. *À côté d'une joie*, Pascal Huot, 10 ans et plus ISBN 978-2-89699-401-4

— 43. *Grand-maman m'a raconté*, Claudine Ducasse, 6 à 9 ans, ISBN 978-2-89699-398-7

— 44. *Mauvaise mine*, Micheline Marchand, 12 ans et plus, ISBN 978-2-89699-449-6

— 45. *L'arbre qui voulait être entendu*, Diya Lim, 4 à 6 ans, ISBN 978-2-89699-452-6

— 46. *Magalie et son fantôme*, Carole Dion, 9 à 12 ans, ISBN 978-2-89699-470-0

— 47. *Les aventures du pirate Labille* (*Direction nord*, tome 2), Mélissa Jacques, 6 à 9 ans, ISBN 978-2-89699-467-0

— 48. *Un voyage inattendu*, Arianne Gagnon-Roy, 9 à 12 ans, ISBN 978-2-89699-491-5

— 49. *Les voyages de Caroline*, Rosemary Doyle, 6 à 9 ans, ISBN 978-2-89699-497-7

— 50. *Le mystère des billes d'or*, Jules Asselin, 4 à 6 ans, ISBN 978-2-89699-464-9

— 51. *Zizanie dans l'armoire*, Cécile Beaulieu Brousseau, 4 à 6 ans, ISBN 978-2-89699-473-1